UN SQUELETTE NOMMÉ « POP »

Du même auteur (chez Annaeditions)

La Saga de [ÔM]

Tome 1 : La Sphère (mars 2011)
Tome 2 : La Pyramide Enfouie (novembre 2011)
Antépisode : Sefrkhêt (juin 2012)
Tome 3 : Ishi (septembre 2013)
Tome 4 : [Uta] (novembre 2014)
Tome 5 : Renaissance (novembre 2015)

Exoone (octobre 2017)
Wormhole (septembre 2019)

Jack FERET

UN SQUELETTE NOMMÉ « POP »

ANNAEDITIONS

AVERTISSEMENT

Mes lecteurs habituels seront sans doute étonnés de me voir passer, dans cet ouvrage, de la pure science fiction au « polar ».
Lorsque j'entrepris la rédaction du tome 1 de la Saga de [ÔM], ma compagne Jeanne-Chantal se jeta à corps perdu dans cette entreprise. Grande lectrice, elle devint vite membre du comité de lecture et correctrice chez l'éditeur. Critique impitoyable, je lui dois la présentation, la bonne tenue de mes livres et la qualité de leur couverture.
D'ailleurs, sans elle, aurais-je tenté l'aventure ?
Mais Jeanne-Chantal a un secret … la Science-Fiction n'est pas sa « tasse de thé ».
Pourtant elle a lu, corrigé et critiqué avec bonheur
« La Saga de [ÔM] », « Exoone » et « Wormhole ».
C'est pourquoi, pour lui montrer ma reconnaissance, j'ai remanié un de mes anciens manuscrits, écrit à 19 ans. Et c'est ainsi qu'est né « Un squelette nommé Pop », roman policier à l'anglaise se situant dans les années 1959…
Mais que les amateurs de SF ne s'inquiètent pas, les [ÔM] n'ont pas achevé leur mission …

CHAPITRE 1

Lundi 9 février 1959

Jonathan Lempfig reposa la lettre dactylographiée en date du 6 février 1959 et les photos jointes sur son bureau. Il tourna la tête et regarda un cadre posé sur un coin de sa table. La photo d'une belle blonde lui souriait et semblait le dévorer des yeux. Sa femme, de trente ans sa cadette. Il se sentit vieux tout d'un coup. Vieux et enragé. Il eut envie de balayer d'un revers de main les objets familiers posés sur le bureau, auxquels d'habitude il ne prêtait aucune attention, de les jeter à terre et de les piétiner. Il se retint et se leva.

La lettre qu'il avait reçue et les photos… Non, il ne rêvait pas : posées devant lui, éclairées par la lumière tamisée de la lampe.

Jonathan ferma les yeux et pressa avec force ses paupières. Des phosphènes dansèrent devant son regard aveuglé. C'étaient des lueurs mouvantes et sombres, apparaissant dans tous les recoins de la pièce invisible, colorées ou incolores. Impossible d'en dire la forme, l'éloignement, le nombre. Lorsque la douleur causée par la pression de ses doigts sur ses paupières devint insupportable, il retira sa main. Une lumière diffuse éclaira la pièce émergeant d'une brume qui s'évapora lentement.

Lempfig reprit la lettre et la lut une seconde fois. Le rapport et les photos provenaient de Gayle Winfrey, la détective qu'il avait engagée un mois auparavant. Gayle était une ancienne du Yard. Elle avait choisi un jour le privé et travaillait sans bruit et efficacement pour des revenus bien supérieurs.

Le rapport, clair et concis, rendait compte de la filature qu'il lui avait demandée. Les photos se passaient de commentaires. Emily avait un amant. Et ce type, par dessus le marché, il le connaissait ! Henry Pleshey, beau garçon, beau parleur, la trentaine – l'âge d'Emily – et, grâce à son père, déjà adjoint au chef du personnel aux « Lloyd's de Londres », poste qu'il n'aurait jamais eu s'il n'avait pas été pistonné. Emily le lui avait présenté au cours d'une réception. Elle l'avait connu à Cambridge où ils suivaient des cours de droit. Au cours de la conversation, Lempfig avait appris que Pleshey était un navigateur émérite. C'est ainsi que « ce cher » Henry avait rejoint l'équipage du « Njörd», le ketch de Lempfig, basé à Gosport.

Il regarda le portrait de sa femme et eut envie de le fracasser contre le mur. Avec un haussement d'épaules, il se contenta de le basculer, face sur le bureau. Sa femme avait donc un amant. Cocu ... ! Il était cocu... ! Quel mot odieux ! Il aurait dû se mettre en colère, se rebeller contre le sort, chasser le ridicule qui, depuis quelques temps, planait sur lui.

Il s'était aperçu, au cours de soirées ou de séances de travail, que ses amis – ou plutôt ceux qui se disaient ses amis – le regardaient curieusement en chuchotant. Au début, il n'y prêta guère attention. Beaucoup le jalousaient. Riche, professeur à la faculté de médecine de l'Université de Cambridge, connu dans le monde entier pour ses recherches, il déplaisait sans aucun doute à nombre d'envieux. Sans doute les mêmes qui se gaussaient des infidélités de sa femme. Elle semblait prendre en effet du plaisir en présence de Henry Pleshey, avec lequel elle avait partagé les bancs de la faculté. D'abord, il n'y prit garde. Mais ces indélicatesses finirent par vaincre ses certitudes. Un jour, tenaillé par le doute, il appela Gayle Winfrey.

Emily était sa femme depuis deux ans. Il avait trente ans de plus qu'elle mais jouissait de toutes ses facultés mentales et physiques. Un mois après leur mariage, elle était enceinte. Mais au quatrième mois de grossesse, Emily fit une fausse couche. Cette désillusion ne fut pas sans conséquences. Une grave dépression s'ensuivit. Depuis, la jeune femme désespérait d'avoir des enfants.

Jonathan eut bien moins de chagrin qu'elle. De son premier mariage il avait un fils de trente-cinq ans, avec lequel il avait des relations inexistantes. Mais elle … Il se sentait un peu coupable.

Au lieu de l'aider à surmonter sa détresse, il resta cloîtré dans son bureau et ses laboratoires, entouré d'étudiants et de médecins qui l'assistaient dans ses recherches. Médecin et chercheur, il avait sauvé des vies pendant longtemps. Cette pensée le fit sourire tristement. Fait pour sauver des vies humaines … Il n'y réussit pas toujours. Surtout le jour où cette patiente de vingt-neuf ans, à son treizième accouchement, mourut dans de terribles souffrances malgré ses efforts. À l'instar de Gregory Pincus, de Margaret Sanger et Katharine McCormick[1] il se lança dans la bataille de la contraception médicale. Cependant, contrairement à Pincus, Lempfig choisit de s'attaquer à la contraception masculine, en toute discrétion. C'était un marché d'avenir qui pourrait rapporter gros en notoriété, honneurs et argent.

Le rapport de Gayle Winfrey… Pourquoi, lui avoir confié cette enquête ? Avant, il était tranquille au moins. Mais maintenant… Il était cocu...

Il se leva et se dirigea vers une grande armoire vitrée. Au centre du meuble, un miroir lui renvoyait son image et semblait

[1] En 1950 l'infirmière Margaret Sanger et la biologiste Katharine McCormick proposent à l'endocrinologue Gregory Pincus de financer des travaux pour la mise au point d'une hormone contraceptive.

l'entraîner toujours plus près de lui. On aurait dit qu'il voulait y pénétrer. Il contempla son reflet robuste, son visage aux traits tirés, son front large et haut. Physiquement, il ne faisait pas son âge. Que sa femme lui préférât Pleshey dépassait son entendement. Une silhouette se matérialisa, celle d'un homme jeune, blond, au visage agréable, de taille moyenne et bien bâti. Toutefois, Lempfig trouva que son éternel sourire un peu niais découvrait des dents mal rangées et jaunes. Il louchait très légèrement et son regard était terne, sans cette lueur d'intelligence distinguant un gentleman d'un parfait crétin. Comment Emily avait-elle pu sauter le pas et le recommander à son mari ?

Il se détourna du miroir et se mit à marcher en faisant claquer ses talons sur le plancher parsemé çà et là de petits tapis. Le fait que sa femme le trompât l'étonnait plus qu'il attisait sa rage… L'étonnait, oui ! Il avait soixante ans, l'autre trente. C'était le seul avantage de son rival. Du point de vue de l'esprit, de l'intelligence, de l'instruction, de la renommée, de la richesse, de la beauté et de la force physique, Lempfig l'emportait. Que lui trouvait donc Emily ?

Il arpentait toujours son bureau, d'un pas nerveux martelant le sol. Le médecin sentait sa colère monter. Il ne le voulait pas. Son expérience lui avait montré plus d'une fois qu'elle est stérile, surtout lorsqu'il s'agit de prendre des décisions importantes. Il se dirigea vers un coin sombre de la pièce. Une silhouette bizarre se détachait de l'ombre, brillant légèrement à la faible lumière qui irradiait son bureau.

— Que feriez-vous à ma place, Docteur Pop ? dit-il à voix haute.

Docteur Pop était le nom dont il avait baptisé son squelette.

*

Un splendide squelette anatomique, haut d'un mètre quatre-vingts. Jonathan s'entretenait souvent avec lui. Docteur Pop restait muet, mais répondait toujours... Directement, dans la tête de Lempfig !

Il passa la main sur le crâne de Pop. C'était lisse, c'était froid et doux au toucher. Ce contact calma Jonathan qui éprouva un besoin irrésistible de parler avec son squelette.

— Qu'en pensez-vous, mon vieux ? À savoir si je n'étais pas cocu en herbe ! En ce cas, je fais davantage figure d'imbécile. Après tout ! J'étais amoureux fou d'Emily, mais je ne puis oublier que sa famille l'a « aidée » à m'aimer. Pourtant, elle ... Il me semble qu'elle avait beaucoup d'admiration pour moi. Lorsque je jouais au polo, que je barrais mon yacht, elle était toujours là pour m'encourager. Elle était ... Je parle déjà au passé... Elle semblait si heureuse lorsqu'elle m'a annoncé qu'elle attendait un bébé.

À ces mots, le médecin s'arrêta et baissa les yeux. Depuis sa fausse couche, quel changement ! Une sorte de rupture s'était installée entre eux et Emily, pendant la dépression qui s'ensuivit, refusa même de le voir pendant plusieurs semaines. Trop absorbé par ses recherches, il négligea l'état psychologique de sa femme. Celui-ci s'aggrava lorsqu'elle apprit fortuitement que le Nobel de médecine lui avait échappé parce que le jury considérait que la contraception médicale ne pouvait s'appliquer qu'aux femmes. Jusqu'alors, elle ignorait tout du détail de ses études et il s'était bien gardé de le lui dire.

Même guérie, elle resta distante, voire hargneuse comme un petit chien. Un petit chien ! Elle les aimait beaucoup. Pour lui plaire et se faire un peu pardonner, il lui offrit un jour Mister Hyde, un magnifique loulou nain, tout blanc. Ce cadeau lui permit de se sortir tant bien que mal de sa dépression. Mister Hyde remplaça l'enfant qu'elle n'avait pas eu. Jonathan, lui aussi, aimait cette petite bête intelligente qui lui permit de se rapprocher un peu d'Emily. Mister Hyde était l'objet de toutes les attentions, de toutes les joies, de toutes les tristesses. Il avait pansé une plaie, toutefois restée sanguinolente, Jonathan le constatait à ses dépens.

Lempfig contempla le grand squelette et s'en approcha. L'ombre montante de Jonathan plongea Pop un peu plus dans la pénombre. Le visage grimaçant, pourvu d'une denture parfaite, l'attira comme un aimant. Les gouffres noirs qui, bien des lustres auparavant contenaient des globes oculaires, le fascinaient. Ces deux orbites lui renvoyaient le ridicule de sa situation qui, il en était certain maintenant, n'avait pas pu échapper aux autres. Lui, Jonathan Lempfig, était cocu !

— Pop, que dois-je faire ?

Il lui sembla alors que Pop avait bougé. Il soupira avant de faire lui-même la réponse à sa question.

— Me venger ou ignorer ?

La vengeance ! Lempfig n'avait aucune envie de se venger. Tuer l'amant ? Ou Emily ? Il n'avait rien d'un tueur. Et si la détective s'était trompée ? Non ! Impossible ! L'attitude de ceux qui se disaient ses amis avérait le rapport qu'il venait de lire. Leur air condescendant, les chuchotements dans son dos, même les sourires en coin de certains de ses collaborateurs et de ses élèves, les allusions méchantes ne laissaient planer aucun doute. Aveugles, ses yeux s'étaient enfin dessillés. Et pourquoi Emily avait-elle donc tant insisté pour qu'il prît une assurance sur la vie dont elle était seule bénéficiaire ? Elle avait insisté pour que ce fût à la Lloyd's ! Il comprit dans un éclair : évidemment, la somme qu'elle toucherait lui permettrait de bien vivre avec l'autre crétin.

— Nom de Dieu, la garce ! s'écria-t-il en se dirigeant, les poings serrés vers la porte.

Le hasard fit que son regard se posa une nouvelle fois sur Docteur Pop. La vue du squelette le calma et l'empêcha, comme d'habitude, d'agir sans réfléchir. Il avait inventé un jeu lorsqu'il n'était encore qu'un jeune « undergraduate[1] » au début de ses études : il avait juré de ne jamais agir sous le coup de la colère sans avoir eu une petite conversation avec Pop. La silhouette de son interlocuteur silencieux lui rappela sa promesse. Il avait failli faire une bêtise. Il se tourna vers le squelette, s'approcha de lui lentement, de plus en plus lentement. Sa respiration devint saccadée. Il était maintenant tout près de la face grimaçante du Docteur. Son visage était tendu, ses yeux, d'une fixité anormale, sortaient presque de leurs orbites. Une légère bave collait les commissures de ses lèvres.

— Écoutez, Pop !

Jonathan n'était déjà plus dans son état normal. Sa voix était sourde. Ce n'était plus qu'un souffle rauque, passionné par la haine et la colère, qui sortait de sa bouche sèche.

— Pop ! Surtout écoutez bien ! Je ne sais pas encore... Mais il faut que je me venge, d'elle et de tous ceux qui se moquent de moi. Elle n'aura rien cette salope et sera séparée pour toujours du chien et de l'amant. Comment vais-je m'y prendre ? Je ne sais pas encore mais je vais y travailler ! Maintenant, je vais vivre avec elle. Je la veux vivante, soumise, avant de la faire souffrir. Regardez-moi bien, Pop, je suis calme. Il faut que je reste calme ! Je dois surmonter mon excitation et ma fureur. Je penserai à vous. Si je me laisse emporter, je vous donne l'autorisation de venir me tirer les oreilles.

Lempfig sourit. Il lui sembla que le squelette souriait. Il lui sembla aussi qu'il inclina la tête, en signe d'assentiment. Le professeur, un peu désemparé, fit un pas en arrière, se détourna, se dirigea rapidement vers la porte et sortit.

*

[1] Le niveau undergraduate correspond au premier cycle universitaire après la sortie du lycée (high school).

CHAPITRE 2

Mardi 19 janvier 2016

Ce soir, je n'en peux plus. De chagrin et aussi de fatigue. Allongé dans mon lit, j'écoute. Le silence est assourdissant malgré le sifflement ténu et les cliquetis qui tintent dans mon oreille et qui ne me lâchent jamais, au point de ne plus les entendre parfois. Pas maintenant. Ils sont bien là. J'ai l'impression qu'ils sont plus forts que d'habitude. Froufroutement du drap contre mon menton au moindre mouvement de ma tête qui roule sans cesse sur mon oreiller parce que je ne peux pas dormir. Cet imperceptible souffle d'air que je sens passer sur ma joue. Est-ce elle qui est là, qui me regarde sans que je la voie ? Ce craquement léger du parquet, est-ce son pied qui effleure le sol ?

Les yeux ouverts, je vois des ombres passer au gré des phares qui éclairent la pénombre. À peine un vrombissement… La vie dans la rue s'écrase contre le double vitrage qui m'isole du monde extérieur. Juste de la lumière jaunâtre qui colle au plafond. Je tourne la tête, vers elle. Elle n'est pas là. Elle a fui, ailleurs, je ne la verrai plus jamais, je dois l'accepter.

Noreen repose depuis ce matin au cimetière de Kensal où sont enterrés, dans un mausolée familial, les Mackenzie, leurs épouses et leurs enfants depuis un bon siècle. Bientôt la place manquera.

Nous vivions ensemble depuis cinquante-sept ans. Vous avez compris. Je ne suis pas un perdreau de l'année. Bientôt quatre-vingt-six ans, avec toutes mes facultés, un dentier, un peu d'arthrose cervicale, deux hanches et un genou refaits. Et c'est la première fois depuis le jour de notre mariage que je me retrouve seul dans CE lit.

*

Je me rappelle… C'était il y a bien longtemps, le 30 mai 1959. L'un des plus beaux jours de ma vie. Noreen et moi allions nous marier. Noreen était une jolie rousse à peau blanche et au regard vert émeraude. Une écossaise. Comme moi. Même un peu plus, puisqu'elle était née dans la petite ville de Oban en Écosse. Les Mackenzie, eux, depuis des générations, naissent à Londres même s'il leur arrive parfois de porter le kilt. Lorsque nous nous sommes connus, elle étudiait le droit pour devenir avocate. Je me destinais, comme mon père et mon grand-père, à une carrière de flic. Nous étions donc faits pour nous entendre. Dès le début, mon père a vu cette union d'un mauvais œil. Il vouait les gens de robe emperruqués aux gémonies. Heureusement, ma mère trouvait Noreen absolument délicieuse – « so sweet » disait-elle – et mon grand-père, qui avait été directeur adjoint du Yard, était tombé sous le charme. Mon père s'était incliné.

Ce jour, malgré la pluie, le vent et un froid glacial, s'était magnifiquement passé. Ma femme était belle dans sa robe toute blanche. Je la dévorais des yeux au point que ma mère m'avoua que j'avais l'air un peu idiot. Et le surlendemain, nous partions pour Paris en lune de miel…

En vérité, ça ne se passa pas tout à fait comme prévu, vous allez voir. Alors que je récupérais d'une nuit courte et agitée, le téléphone nous réveilla à huit heures et demie, vingt-cinq heures avant notre départ pour Victoria Station où nous attendrait le train en partance pour New Haven…

*

Dimanche 31 mai 1959

J'ai toujours détesté travailler le dimanche. Par principe ! En plus, être appelé le lendemain de son mariage me parut… déplacé. Mais…

Lorsque je fus complètement réveillé, après avoir fait tomber ma pendulette pour m'emparer du combiné, mon correspondant avait déjà raccroché. Je savais qui m'avait appelé : ce ne pouvait être que le Yard. Je rappelai le 999. La voix d'une femme me demanda ce que je voulais : la police, une ambulance ou bien les pompiers ? Je lui répondis que rien de tout cela ne m'intéressait. Je déclinai mon nom...

Je n'eus pas le temps d'achever ma phrase. Un bruit sec suivi d'un grésillement, puis la voix âpre et déplaisante de mon directeur adjoint :

— Ah, vous voilà, vous ! hurla-t-il. Vous n'étiez pas là il y a trente secondes ? Allo ! Répondez !

Obéissant à cet ordre impérieux, j'approchai l'écouteur de mon oreille et, sans pouvoir dissimuler un rictus d'agacement, je répondis calmement :

— Non, j'étais dans les bras de Morphée !

— Mes félicitations ! Bravo ! Vous devriez savoir qu'un inspecteur du Yard ne doit jamais dormir profondément ! Maintenant, soyons sérieux : vous vous prépariez à partir en lune de miel ?

— Euh... ! Oui !

— Lune annulée...

— Pardon ?

— Votre lune de miel est annulée ! C'est clair ! Prenez des sandwiches, embrassez votre femme –vous n'êtes pas près de la revoir– et passez à mon bureau ! C'est urgent !

Un claquement sec ponctua ses vociférations. Je me retournai. Noreen avait compris. Elle leva les yeux au ciel pour la première fois de notre vie commune –ce ne fut pas la dernière– et, avec un soupir, s'arracha à notre lit pour préparer un rapide breakfast. Elle était… terriblement déçue. Cependant, en acceptant de m'épouser, comme toutes les femmes dont le mari travaille au Yard, elle avait passé un contrat tacite avec la police anglaise. Pendant ce temps, je me douchai –eh oui, notre appartement était équipé d'une grande salle de bain... le luxe ! –. Douche, rasage et vêtements propres sont indispensables lorsqu'un détective part en mission car il sera peut-être plusieurs jours sans dormir, sans avoir le temps de se raser, encore moins de faire une toilette.

J'étais ulcéré et satisfait à la fois. Ulcéré parce que je quittai Noreen, mon épouse depuis quelques heures. Satisfait parce que le patron voulait sans doute me confier une affaire importante, ma première affaire, seul. Dès lors, j'allais travailler avec une équipe d'hommes et de femmes, sous mes ordres. J'allais avoir les pleins pouvoirs sur la police de Londres afin d'arrêter l'assassin, si assassin il y avait. Cela flattait mon ego. J'arrivai au Yard une demi-heure plus tard… après un petit-déjeuner plus que frugal…

*

Scotland Yard possède les meilleurs détectives du Royaume, c'est évident. À l'époque, les trois bureaux de la section C[1] étaient un chef-d'œuvre d'organisation contre le

[1] L'une des quatre principales sections de Scotland Yard, consacrée aux affaires criminelles.

crime et autres délits. On l'a si souvent contesté que je me dois de défendre énergiquement cet auxiliaire efficace de la justice.

Les affaires criminelles sont souvent simples. Une banale enquête, une recherche dans nos fichiers, un peu de bon sens et de flair, suffisent pour trouver l'assassin. Un criminel se fait presque toujours prendre, heureusement d'ailleurs. Toutefois, il est des crimes devant lesquels nous sommes désarmés. Seule alors « l'intelligence » du détective peut débrouiller l'intrigue. Au cours de ma longue carrière, j'ai résolu des énigmes difficiles. Il existe en effet des assassins qui tentent le crime parfait. Je dis bien « qui tentent » car, en matière de crime, rien n'est absolu.

Tout d'abord, permettez-moi de me présenter. Je m'appelle Kyle Mackenzie et suis Ecossais. Vite devenu détective grâce aux écoles de police secrète anglaises mises à l'honneur en 1903 par Sir Edward Richard Henry, j'ai dû, auparavant, me plier à un certain nombre de tâches sans importance et assez désagréables.

Physiquement, je suis grand –un mètre quatre-vingt-trois– et large d'épaules. Mon visage ressemble à celui d'un enfant, joufflu à souhait. Deux taches roses ornent mes pommettes ; j'ai les yeux bleus ; une longue cicatrice barre mon front sans rides, souvenir d'un coup de couteau reçu dans une rixe contre deux ou trois types. Mes cheveux sont blonds, coupés en brosse. On dit que je ris toujours. C'est tellement mieux d'avoir le sourire aux lèvres. Rien ne ressemble moins à un « flic » qu'un bon garçon à l'air doux. Je tire correctement au revolver. Mais pour me défendre, j'emploie mes poings et, lorsque je suis en danger, le « close-combat ». Je m'efforce de ne rien casser. Je ne suis pas téméraire ; je ne bois pas, je ne fume pas ; je déteste les femmes faciles. Enfin, c'est important, je ne suis pas intelligent. Je suis donc un parfait « gentleman ».

L'affaire dont je vais vous parler est vieille de plusieurs années déjà.

Qu'est-ce que je raconte moi ! Tout ça, c'était il y a très longtemps. Les choses ont bien changé depuis...

D'ailleurs, lorsque j'en parle, Donald, mon « chief superintendant »[1] de fils, n'arrête pas de sourire, voire de rire. C'est vrai, de mon temps, l'ADN... Quant à la police scientifique… C'était presqu'un mythe à l'époque. Lorsqu'à la télé aujourd'hui je regarde « Les Experts », je me dis que nous avions bien du mérite...

Michael Lee, mon directeur adjoint, lui non plus n'avait pas assez dormi. L'affaire devait être grave. De nature nerveuse, il manifestait son excitation dans sa façon de fumer la pipe. Il en allumait une lorsque j'entrai dans son bureau en toussant. Je remarquai qu'il tétait sa bouffarde en aspirant la fumée voluptueusement. Pour Michaël Lee, ce vice avait un aspect vital : il se nourrissait de tabac autant que de viande rôtie.

— Mes félicitations ! Je vous ai téléphoné... Voilà maintenant... Une demi-heure et vous arrivez juste ! Rasé, propre, parfumé, habillé comme un dandy ! Est-ce que je suis rasé et habillé moi ? s'écria-t-il en prenant place derrière son bureau.

En effet, Michaël Lee, levé de bonne heure, était repoussant. Il avait les yeux bouffis ; sa barbe noire pigmentait ses joues ; le col de sa chemise, sans cravate, était fripé.

— Un dandy ! souffla-t-il. Vous pouvez vous vanter d'avoir de la chance : Ramsey est en mission, sinon... Il prenait votre place ! Maintenant, venons-en au sujet. L'affaire que je vais vous confier est sérieuse, très sérieuse ! J'espère que vous me ferez honneur... Voilà ! Avez-vous entendu parler de Jonathan Lempfig ?

---

[1] Correspond au grade de commissaire divisionnaire.

— J'ai entendu ce nom, une ou deux fois. C'était aux informations, je crois.

— Il a failli avoir le Nobel de médecine, mais ses recherches sont très controversées. Avez-vous entendu parler de contraception masculine ?

— Oui, maintenant, je me souviens. Ça a fait un scandale, d'ailleurs. Il aurait eu le Nobel s'il avait orienté ses recherches sur la contraception féminine…

— Évidemment ! Rendre l'homme stérile… Quelle idée ridicule ! Mais là n'est pas la question. On l'a retrouvé mort chez lui ce matin.

— Des indices ?

— Heu… oui. Sa femme l'a découvert ce matin. La mort remontait à... un instant !

Michaël Lee ouvrit un dossier posé devant lui.

— On l'aurait tué aux alentours de deux heures a.m[1]. L'autopsie nous donnera des précisions.

— Comment a-t-il été tué ?

— Je vous en laisse la surprise. J'attends d'ailleurs que vous me confirmiez ce qu'on m'a dit. Le coroner[2] ayant conclu que la mort « visiblement » ne pouvait être naturelle –je cite son rapport ; vous remarquerez, lorsque vous serez sur place, que le mot « visiblement », est savoureux ! –. Une autopsie a donc été ordonnée et elle aura lieu ce matin à la morgue de St Bartholomée[3].

— C'est tout ?

— Pour l'instant oui… J'attends votre rapport pour me faire une opinion… Vous verrez, a priori, c'est invraisemblable.

[1] La journée est divisée en deux parties de 12 heures, ante meridiem (a.m) avant midi et post meridiem (p.m) après midi.

[2] Un coroner et un médecin légiste se réunissent devant un cadavre suspect et rendent un verdict qui arrête ou déclenche l'action de la police criminelle.

[3] Saint Bartholomée est un grand hôpital de Londres.

— Parfait ! Combien de temps me donnez-vous pour découvrir le coupable ?

Michaël Lee devint écarlate ; son nez violaça, ses lèvres blanchirent. Il asséna un vigoureux coup de poing sur son bureau et hurla, hors de lui :

— Trouvez-le donc d'abord !

Effrayé mais digne, je sortis en claquant la porte.

Michaël Lee n'est anglais que de nom. De « race », il est irlandais. Notre belle éducation n'a pas réussi à en faire un gentleman accompli. Il ignore le flegme et l'humour. C'est un être hybride, mélange de « British » et de « foreigner[1] ». Nous admettons tous au Yard, qu'il est « moins bien réussi » et c'est peut-être la raison pour laquelle il n'a pu être autre chose qu'un ordinaire directeur adjoint.

*

---

[1] Foreigner : étranger

CHAPITRE 3

Dimanche 31 mai 1959

J'entrai dans la salle des cartes. À cette heure, l'activité était réduite. Dans un coin, assis sur une chaise, un policeman feuilletait un illustré. C'était lui qui devait me conduire chez la victime. Dès qu'il me vit, il se leva, boutonna sa veste, rectifia son nœud de cravate et coiffa son casque.

— Est-ce vous qui... ? lui demandai-je

— C'est moi, Monsieur. Veuillez me suivre.

Un véhicule de police nous attendait dans la cour. Je m'installai le plus confortablement possible et, à la lueur de ma lampe de poche, je pris connaissance du dossier que le patron m'avait donné à contrecœur. Laconique, il ne faisait pas plus d'une page.

— Vous avez vu la scène de crime ? demandai-je au constable qui conduisait.

— Non Monsieur, mais on m'a dit que c'est surprenant.

— Oui, si j'en crois ce que je lis, ce n'est pas concevable. Il y a certainement une erreur.

La voiture s'arrêta devant une splendide demeure édouardienne de Kensington. Je me rappelle encore qu'elle portait le numéro 18. Un individu en civil ouvrit la porte de la voiture et, avant que j'aie pu m'en extraire, me dit presque à voix basse :

— Sergent Arthur Grieg, Monsieur. Je suis chargé par le directeur adjoint de vous assister dans cette enquête. Suivez-moi, s'il vous plaît.

Le sergent Grieg était de taille moyenne, d'âge mûr, grisonnant sur les tempes, rondouillard. Il sentait déjà la cigarette. Je lui emboîtai le pas. En haut d'un magnifique escalier, j'entrai dans une grande pièce mal éclairée. Grieg tendit le bras et m'entraîna vers le fond obscur d'un bureau où gisaient deux formes. Un homme vint à ma rencontre et me dit en rigolant :

— Docteur Brian Smith, médecin légiste. Je vous souhaite bien du plaisir, inspecteur. Le professeur Jonathan Lempfig a été assassiné par son squelette.

Mon visage ahuri l'amusa encore plus. Il me prit par la manche et m'approcha des deux formes allongées. Le professeur Lempfig était couché sur le dos, le visage en sang, presque méconnaissable. Son front était ouvert, sa mâchoire éclatée, son nez cassé et une arcade sourcilière ouverte. Sa tempe gauche, profondément enfoncée, dégoulinait de sang coagulé. Une barre de fer ensanglantée reposait sur sa poitrine rougie par l'hémorragie. Et cette barre était tenue par les deux « mains » d'un grand squelette anatomique éclaboussé de sang, couché sur le ventre à côté de lui, côtes éclatées et crâne fracturé. Je fis un pas en arrière, déstabilisé par cette scène improbable.

— Surprenant, hein ? reprit le docteur Smith. Personnellement, je ne crois pas que le squelette soit le meurtrier, mais… les faits sont indiscutables.

Il redevint sérieux et me donna quelques explications.

— Je serai plus précis après l'autopsie, mais la mort remonte à cinq ou six heures pas plus. Il ne fait aucun doute que tout ce sang appartienne à la victime qui a succombé aux coups portés avec cette grosse barre de fer. Je n'ai pas d'explication concernant les dégâts causés au squelette. Dès que vos équipes auront terminé, envoyez-moi la victime et son agresseur à la morgue pour l'autopsie.

Brian Smith me fit un signe de tête et sortit, me laissant seul avec mes problèmes d'inspecteur du Yard. Je me tournai vers le sergent Grieg qui avait assisté à la scène en silence.

— Sergent, où en sont les investigations ?

— Les photos ont été prises, inspecteur. Les relevés d'empreintes digitales sont en cours. On fouille dans les tiroirs et les papiers mais il serait bon de voir madame Emily Lempfig, la femme de la victime. C'est elle qui nous a appelés.

— Où est-elle ?

— Suivez-moi, Monsieur.

*

Assis à l'arrière de la voiture qui me ramenait au Yard, je réfléchissais à la manière de résumer les choses à Lee. Je me voyais mal lui dire que le squelette anatomique était le responsable du meurtre. Pourtant…

La maison du professeur comportait plusieurs étages et de nombreuses pièces bien meublées. Jonathan Lempfig avait visiblement les moyens de vivre dans un luxe ostentatoire qui, toutefois, ne manquait pas de goût. Meubles victoriens, tapis persans, tableaux de grands peintres anglais, rien ne manquait à l'étalage de la fortune du médecin.

La chambre d'Emily Lempfig se trouvait au premier étage, séparée de celle de son époux par une somptueuse salle de bain. Contrairement au reste de la maison, l'ameublement de cette pièce était moderne et sobre. Un coin salon se trouvait près d'une des trois fenêtres de la chambre. La lumière tamisée me permit de voir une jeune femme d'une beauté sidérante, assise sur un fauteuil de style récent. Un petit chien tout blanc était blotti dans ses bras. À ses côtés se tenait une dame âgée à l'air sévère. Il s'agissait de Mary, une vieille domestique.

Madame Lempfig nous fit asseoir en face d'elle. Elle avait les yeux rougis par les larmes et son visage reflétait encore la frayeur que lui avait inspiré le spectacle de son mari et du squelette –j'appris qu'il se nommait « Docteur Pop » – ensanglantés.

Emily Lempfig me raconta, d'une voix monocorde entrecoupée de sanglots, qu'elle était allée se coucher samedi de bonne heure après avoir pris un somnifère. Dans la nuit, Mister Hyde, son loulou nain, avait aboyé une ou deux fois et l'avait réveillée. Elle avait vaguement entendu un cri et puis… plus rien… le silence. Mais comme le chien était agité, elle s'était levée et, une fois sortie de sa chambre, avait écouté un long moment. Troublée par ce qui venait de se passer, elle avait ouvert la porte de la chambre de son mari et, ayant constaté que le lit était vide, s'était rendue dans son bureau où elle avait fait la macabre découverte. Ses cris n'avaient même pas réveillé la vieille servante qui était un peu sourde.

J'avais donc à élucider une affaire, comprenant une victime et deux témoins qui n'avaient rien vu et rien entendu.

*

Je fus surpris par le calme de Michael Lee. Je m'attendais au pire, il n'en fut rien. Il écouta sans mot dire mon rapport et réfléchit un long moment avant de prendre la parole.

— Quelles sont vos conclusions, inspecteur ?

— Jonathan Lempfig a sans doute été tué par un visiteur qu'il connaissait et qui a maquillé son crime en film d'horreur.

Lee fronça les sourcils.

— Doucement, mon vieux. Analysons la situation. Vous m'avez dit qu'il n'y avait aucun signe d'effraction. Ou bien Lempfig a ouvert à un visiteur tardif qu'il connaissait, ou bien il est rentré chez lui en compagnie de son meurtrier. Vérifiez son emploi du temps auprès de ses collègues et étudiants de la fac.

Si, d'après sa femme, il a passé toute la journée là-bas, quelqu'un sera peut-être en mesure de nous donner des détails. Le concierge l'a sans doute vu sortir dans la soirée… D'après sa femme, dites-vous, la porte d'entrée était fermée à clef, d'où une autre possibilité : le meurtrier était dans la place. Sa femme, le personnel…

— Je vois mal sa femme dans le rôle de l'assassin. Lempfig est grand, athlétique et elle n'aurait pu avoir le dessus… La vieille servante, n'en parlons pas… Il n'y a pas d'autre domestique, excepté une femme de ménage qui arrive le matin et repart chez elle vers cinq heures le soir. Le sergent Grieg l'interroge en ce moment.

— Avez-vous pensé à l'amant ?

— Quel amant, Monsieur ?

— Vous m'avez dit que Madame Lempfig était une très belle femme, beaucoup plus jeune que son mari. Supposons qu'elle ait eu un amant et qu'ils aient tous les deux décidé de se débarrasser d'un mari encombrant…

— Madame Lempfig avait l'air très affectée…

Michael asséna un formidable coup de poing sur son bureau.

— C'est à l'école de police qu'on vous a appris à vous fier aux apparences ? C'est une piste que vous ne pouvez négliger.

Lee tendit le bras et me montra la porte.

*

CHAPITRE 4

Un soir, en avril 1959

Mary, la vieille servante, dressait la table. Le bruit des assiettes, des verres et des couverts énerva Mister Hyde. Le loulou se mit à aboyer. Jonathan n'aimait pas trop les jappements secs du chien qui lui cassaient les oreilles. Néanmoins, il s'amusait de le voir se livrer à cet exercice. Tous ses membres s'agitaient convulsivement et l'animal, décollant légèrement du sol à chaque aboiement, se déplaçait par petits bonds sur le côté. Lempfig appela Mister Hyde et s'assit dans un fauteuil. Le loulou s'installa sur ses genoux et lui lécha les mains. Lempfig le caressa de la tête à la queue à plusieurs reprises et dit :

— Allez ! Fais le mort !

La bête s'arrêta, regarda son maître en penchant la tête d'un côté, puis de l'autre. Son regard examinait Lempfig avec amour.

— Fais le mort ! répéta le médecin.

Le chien s'assit, bascula sur sa hanche, se mit sur le dos et ne bougea plus. Lempfig sortit un sucre de sa poche, l'introduisit dans la gueule entrouverte de l'animal, l'attrapa et le posa sur le fauteuil qui lui faisait face. Mister Hyde se mit en boule et commença son festin.

— Mary, Emily est-elle rentrée ?

— Non Monsieur, répondit la vieille bonne de sa voix fluette.

Contrarié – elle avait sans doute passé l'après-midi avec "l'autre" – il éprouva cependant une certaine satisfaction à disposer d'un peu de temps pour réfléchir à son problème.

— Mary, je vais dans mon bureau. Appelez-moi lorsque le dîner sera prêt.

La tête dans les mains et les coudes sur sa table, Lempfig relisait une fois de plus le rapport de Gayle Winfrey. La situation était insupportable. Où qu'il soit, il avait l'impression que les gens le scrutaient. Simple sensation au début, les jours passant, c'était devenu une certitude : tout le monde savait que sa femme le trompait. ON oubliait qui il était, ce qu'il était, ce qu'il faisait. Il n'était plus qu'un pauvre type cocu. Cette évidence s'était imposée à lui, au point de penser à son infortune de jour comme de nuit. Lempfig passait de longs moments prostré dans son bureau de l'école de médecine, avec des piles de dossiers et de rapports qui ne l'intéressaient plus. Il négligeait le laboratoire et ne voyait pas que tous ces changements attiraient l'attention de son entourage professionnel, plus que son infortune conjugale dont collègues et étudiants n'avaient pas connaissance.

Pourquoi désirait-il autant se venger ? Il n'en avait pas la moindre idée. Ce besoin de vengeance l'avait peu à peu investi jusqu'à obséder son esprit. Rien d'autre ne comptait plus que de trouver le moyen de leur faire payer cette offense. Qu'Emily lui préférât un autre était admissible. Elle avait peut-être des raisons de le faire ? En revanche, il ne supportait pas qu'elle et le "Pleshey" aient envie de le tuer pour toucher de l'argent. Car il ne s'agissait bien que de ça. Sinon, elle n'aurait pas pris la peine de lui demander de souscrire à une assurance, dans une compagnie où travaillait son amant. L'échanger contre de l'amour était à la limite supportable, le brader, non !

Lempfig, qui était déjà très riche, aimait l'argent et tout ce qui touchait à l'argent. Cet amour immodéré amusait beaucoup Emily qui ne manquait pas de se moquer de lui à ce sujet. Pourtant, elle non plus ne pouvait se passer de toilettes coûteuses, de sorties, de réceptions et de relations mondaines. Ce mot : "brader" l'indignait.

Il était fini. Ses honneurs, sa notoriété, ses diplômes, ses recherches, toutes ces qualités dont il avait une haute opinion, venaient d'être échangées contre des centaines de milliers de Livres.

Depuis quinze ans, fort de ses possibilités, de sa valeur –valeur dont il était fier et dont il faisait volontiers étalage–, habitué aux éloges que lui prodiguaient la presse et la télévision, il avait appris à se compter au rang de ces races d'hommes dont une nation, un monde, l'humanité toute entière, ont besoin. Il savait son nom impérissable.

Pourtant, un échelon de l'échelle venait de se rompre et sa chute l'avait décillé. Il n'était qu'une chose comptable, monnayable, qu'on tuerait bientôt pour des billets de banque. Plus il avançait dans ses réflexions, plus il devenait ferme dans sa décision. Il voyait vaguement comment il envisageait de se débarrasser de cette bourbe, mais une chose avant tout le préoccupait. Avant de mettre son projet à exécution, il était indispensable de résoudre deux problèmes auxquels Docteur Pop n'avait pas encore répondu. Avait-il le droit de se sacrifier à son honneur blessé ? Avait-il le droit d'abandonner ses travaux et l'espoir que ses collaborateurs et des milliers de couples mettaient en lui ? Et puis, il avait décidé, avant de se venger, de vivre « normalement » avec sa femme. Or, dans ces moments de trouble, il ne savait plus comment il se comportait avec elle AVANT. Lorsqu'elle entrait dans la pièce où il était, le doute l'assaillait. Comment l'accueillait-il AVANT, que lui disait-il, quels gestes, quels mots, quel ton ? Il en arrivait à éviter de plus en plus sa chambre. Penser que sa femme pût comprendre les raisons des bizarreries de son humeur l'angoissait. Il se réfugiait alors dans son bureau au second étage pour éviter de se trouver face à elle. En quelque sorte, il avait peur.

Il sursauta lorsque Mary, venue l'appeler pour le dîner, lui demanda s'il se portait bien.

— Pourquoi ? lui demanda-t-il d'une voix altérée.

— Il me semble que … que vous avez quelque chose qui ne va pas, Monsieur … Je ne sais pas … Je sens ça !

— Non, ça va ! répondit-il d'un ton sec. Madame est-elle rentrée ?

— Non Monsieur.

— J'attendrai son retour, Mary.

Il ne parvenait donc plus à dissimuler. Emily ne manquerait pas de s'en rendre compte. Cette situation devenait obsédante. Il ne lui restait plus qu'une planche de salut : Docteur Pop ! Il fallait qu'il le conseillât. Mary était en cuisine, Mister Hyde dormait en bas. Il se leva, marcha à pas de loup vers le fond de son bureau. Docteur Pop n'avait pas bougé. Il aurait préféré que Pop ait bougé.

— Pop ! J'ai besoin de votre aide ; il faut que je vous parle !

Il promena ses doigts sur le crâne du squelette, passa rapidement sur les trous qui contenaient des yeux autrefois, toucha une à une les dents bien rangées de la bouche grimaçante. Ce contact froid et sans vie lui rendit sa confiance. Le calme le gagna, doucement, l'envahit comme le froid provoqué par la cigüe. Il tourna le dos à Docteur Pop.

— Pop ! Je ne sais plus comment me conduire naturellement. Que dois-je faire ?

Il se retourna, planta son regard dans les orbites du squelette et attendit la réponse. Le silence succéda à sa question. On n'entendait pas un bruit dans la pièce. La lumière, affaiblie par la silhouette de Lempfig, éclairait à peine le visage de son interlocuteur muet. Lempfig voyait un masque impassible, toujours le même, qui lui souriait hideusement. Les mêmes trous sombres qui regardaient toujours de la même façon, les mêmes mains d'os qui pendaient de chaque côté du bassin. Pop ne parlait pas, pourtant il répondait. Il gardait sa pose de tous les jours, immobilisé par la nature.

Lempfig chassa les pensées qui encombraient son cerveau. Le seul moyen pour lui d'être naturel, était de laisser agir son instinct, ses habitudes.

— Merci Pop ! dit-il d'une voix rauque. Mais c'est difficile de se laisser manœuvrer par l'habitude quand on doit y réfléchir.

Le médecin serra les poings et ajouta d'une voix saccadée :

— Je réussirai ! Bonne nuit Pop !

*

Une fumée légère montait de son assiette. Lempfig fixa le liquide vert pâle qui reflétait la lumière en miroitant ; des taches jaunes en parsemaient la surface. La salle à manger était morne. Les meubles d'acajou reluisaient, mélangeant leur rouge à celui des tapis recouvrant le parquet. L'horloge, dans un coin de la pièce, battait le temps de son tic-tac sonore et monotone comme un cœur régulier. Un cœur de fer, de roues dentées et de ressorts. Il suffirait de mettre un doigt, un seul, devant le balancier … et le mouvement s'arrêterait. Il suffisait de quelques centigrammes, un « doigt » d'acide cyanhydrique … et le cœur s'arrêtait. Le cyanure ! Pourquoi pas ? Ce poison foudroyant et odoriférant. Lempfig se souvint parfaitement d'une autopsie qu'il avait pratiquée dans sa jeunesse sur une victime de l'acide prussique. À l'ouverture de l'estomac, une forte odeur d'amande amère avait empesté l'air.

Le tic-tac de l'horloge l'énervait. Il jeta un coup d'œil sur le cadran. Sept heures. Emily n'était pas encore rentrée. C'est sûr, elle était avec « l'autre ». Cela lui était égal. Ils lui paieraient tous les deux assez cher. Ils l'avaient bradé, la justice des hommes apprécierait. Comment ferait-il à l'arrivée d'Emily ? Laisser faire l'habitude avait dit Pop. L'habitude … Mais quelles étaient donc ses habitudes ? Lempfig pesta contre ses habitudes. Il n'y a rien dont on se souvienne moins que la routine lorsqu'on veut savoir en quoi elle consiste. La routine, c'est banal, indigne de l'attention, sans importance. On la vit, on ne la pense pas, elle nous échappe, sinon ce n'est plus la routine, mais un acte réfléchi, prémédité.

Le médecin se plaisait dans cet épanchement d'idées incohérentes, sans suite. Il n'entendait plus l'horloge, il était hors du temps, pensait des bêtises, sans s'étendre dessus, comme le vent effleure un brin d'herbe.

L'ennui le poursuivait de ses assiduités depuis quelques temps. Il s'enflait au contact de la solitude, pénétrait le cœur de Jonathan. Le fauteuil était doux. Les losanges jaunes qui s'alignaient sur la tapisserie se tordaient en tous les sens, entrelaçaient leurs côtés tourmentés. La tapisserie devenait de plus en plus jaune, la figure géométrique laissait place à des taches dorées qui clignotaient comme des étoiles vives, tandis qu'un fond bleu, instable, venait rehausser leur éclat. Sa tête lui pesait de plus en plus. Il avait l'impression que le sommeil triomphait de sa résistance farouche sans qu'il pût s'y opposer. Il résistait, mais les forces qu'il tentait de mobiliser ne parvenaient pas à s'ordonner et à combattre son trouble hypnotique.

Images, images devant ses yeux clos… Emily, Pop, Mister Hyde, Mary… Un dîner, une soirée au salon… La pendulette, trônant sur la cheminée de marbre… Dix coups… Il se lève, repousse le fauteuil en cuir qui glisse sur le plancher… Il parle à Emily, la prend dans ses bras, caresse Mister Hyde qui mord le bas de son pantalon… Puis Jonathan se voit accéder à son bureau… Bientôt, il se fera un café fort pour rester éveillé… La tasse fume… Il entend un grattement à la porte, se précipite pour l'ouvrir et laisser entrer Mister Hyde qui arrive, un petit paquet entre les crocs… Le loulou saute sur le fauteuil, puis le bureau, dépose le paquet auprès de la tasse de café fumant et tend la patte à son maître qui le caresse… Après deux ou trois pirouettes, le chien retourne dans la chambre de sa maîtresse… Souvent le soir, à la même heure, Mister Hyde vient lui apporter le petit paquet contenant des morceaux de sucre…

Des taches lumineuses flottent dans l'espace un moment, des coups sourds, accompagnés de soupirs, battent à ses tempes… Une voix murmure quelque chose… Deux mots, deux mots seulement… Il tend l'oreille… Voix impersonnelle, inhumaine, murmure toujours les deux mêmes mots lointains: sucre … cyanure … sucre … cyan … Et Pop qui sourit, lui adresse des signes amicaux de sa main d'os… De la fumée sort par tous les trous du crâne de Docteur Pop, s'épaissit de plus en plus, cache la silhouette osseuse … Elle vient vers son visage tendu dans une position d'attente douloureuse… Pop va lui parler, lui parler de tout ce qu'il a hâte d'entendre… Mais Pop ménage ses effets, le fait attendre… Des flammes embrasent maintenant le crâne éburnéen du squelette. Il brille maintenant dans la nuit qui a envahi son bureau... Et toujours cette fumée sombre qui sort des trous qui ont contenu des yeux… Jonathan se souvient de ces yeux. Il les a vus un jour le fixer intensément… Il les a vus dans leurs orbites, ces deux yeux verts, luisant dans la pénombre de son bureau… Ils auraient dû lui faire peur… Mais non, il s'était rendu compte que ces deux globes qui roulaient dans la tête de Pop lui renvoyaient sa propre image, ainsi que celle de la pièce qui l'entourait… Qui était-il donc alors ? Jonathan, le docteur Lempfig … ou docteur Pop ?

Le médecin se détendit dans un soubresaut lorsque sa main lâcha sa cuillère. Celle-ci tomba dans le potage qui éclaboussa la nappe. Pop allait lui parler…

CHAPITRE 5

Dimanche 31 mai 1959

— Le superintendant[1] est celui de Westminster ? demandai-je au bobby[2] qui me servait de chauffeur.

— Il a déjà quitté la morgue, Monsieur, car l'autopsie n'est pas terminée. À la demande du Directeur adjoint la procédure a été, à titre exceptionnel, accélérée. Il paraît que la victime est connue dans tout le Royaume et même ailleurs, répondit le policeman.

C'était bien du Michael Lee, capable d'imposer une autopsie un dimanche.

Pendant le parcours je réfléchis aux éléments en ma possession. Jonathan Lempfig avait été assassiné dans son bureau tard dans la nuit, approximativement entre deux et quatre heures du matin. Son meurtrier l'avait tué en utilisant une barre métallique retrouvée dans les mains du squelette anatomique. Comment s'était-il introduit chez le professeur ? En l'absence de signes d'effraction, ou bien la victime, le connaissant, était entrée avec lui, ou bien il était en possession d'une clé. Qui la lui avait fournie ? À moins que… La théorie de mon patron était

---

[1] Le superintendant correspond à notre commissaire de police.

[2] Le « bobby » est le surnom donné aux constables en Angleterre. Il correspond à notre « flic » et n'est pas péjoratif.

peut-être la bonne : l'amant de madame. Ce serait elle qui l'aurait introduit dans la demeure. Hormis le chien qui avait réveillé Emily Lempfig, personne n'avait rien entendu, sauf peut-être un vague cri. Le sergent Grieg devait être en train de perquisitionner le logement du médecin et en particulier son bureau pour essayer de trouver des indices. Mais après Saint-Bartholomée, j'avais bien l'intention de retourner chez le professeur pour interroger Emily Lempfig, la vieille servante et la femme de ménage qui avait dû reprendre son service.

*

L'autopsie était terminée. Brian Smith accepta de me recevoir avant d'en avoir rédigé le rapport. Toujours rigolard, il me confirma qu'au vu des éléments dont il disposait, c'était bien le squelette qui avait tué Lempfig. La barre de fer trouvée dans ses mains était bien l'arme du crime. Un premier coup lui avait été porté avec violence et avait fracturé la partie frontale du crâne, puis un autre coup avait endommagé le visage, écrasant le nez et la mâchoire, et un autre avait fracturé le temporal et le pariétal gauches. Ce dernier avait entraîné une hémorragie cérébrale massive et avait été mortel.

— Vous trouverez les explications techniques dans mon rapport lorsque je l'aurai fini, ajouta le légiste. La mort est intervenue vers trois heures du matin. En tout cas, il a eu le temps de se rendre compte qu'il allait mourir et, en fonction de la cadence des coups qui lui ont été portés, il a souffert le martyre et a perdu beaucoup de sang. Quant au squelette, après avoir reçu lui aussi des coups qui ont éclaté le crâne et cassé plusieurs côtes, il a été placé sur la victime dans la position où vous l'avez vue ce matin.

— Et ?... ajoutai-je à ce brillant et incroyable résumé d'autopsie.

— Eh bien, il vous appartient maintenant de voir avec votre équipe qui a cassé le squelette. On peut supposer que c'est la victime qui, trouvant que le squelette le menaçait, lui a porté les premiers coups. Le squelette s'est défendu, lui a arraché la barre de fer et l'a tué. Mais, trop durement touché, il est tombé sur sa victime et est mort…

Devant mon visage ahuri, le légiste éclata de rire.

— Mais non mon vieux, ça s'est passé autrement et c'est à vous de le découvrir. Pour ma part, je pense que l'assassin a fait une jolie mise en scène et a placé la barre de fer dans les mains du squelette après l'avoir malmené. Vous aurez sans doute du nouveau chez la victime où votre sergent perquisitionne avec une équipe qui fait des relevés d'empreintes.

*

Bien calé dans le siège arrière de la voiture qui me conduisait au domicile de Lempfig, je réfléchis à la situation et fis deux hypothèses. Ou bien le professeur était rentré chez lui, samedi ou dimanche pendant la nuit, en compagnie de son assassin, ou bien il lui avait ouvert la porte. Après son forfait, le meurtrier s'était rapidement enfui, ce qui était peu crédible. En effet, la mise en scène lui aurait demandé du temps et il ne pouvait prendre le risque de tomber sur quelqu'un réveillé par les cris de la victime –Emily Lempfig avait été réveillée par un cri–. Ou bien, la thèse de Lee tenait : l'épouse et son amant assassinaient le mari et faisaient une mise en scène macabre pour dérouter l'attention de la police. Mais pour étayer cette hypothèse, il me fallait des réponses à plusieurs questions.

Un constable m'ouvrit la porte et me signala que le sergent Grieg était toujours dans le bureau de la victime et souhaitait me voir. J'escaladai les escaliers en courant et entrai dans la pièce inondée de lumière, occupée par trois hommes fouillant les tiroirs et cherchant des indices partout. Grieg s'avança vers moi à grandes enjambées.

— Monsieur, j'ai deux informations pour vous. D'une part, la barre de fer ne comporte aucune –il insista sur « aucune »– empreinte digitale et l'épouse de la victime ne l'a jamais vue. D'autre part, lorsque les collègues sont arrivés en fin de nuit, c'est Mary qui leur a ouvert. Madame Lempfig était prostrée, à genoux et en pleurs, devant le cadavre de son mari. La vieille dame m'a dit que, lorsque la police est arrivée, la porte d'entrée était fermée à clef.

Information capitale. La thèse de l'amant, assassinant son rival avec la complicité de sa maîtresse, devenait plausible. Après son forfait, le couple prenait le temps de maquiller la scène de crime, faisait disparaître tout ce qui pouvait être compromettant ; enfin, l'assassin sortait, madame Lempfig fermait à clé derrière lui, appelait la police et allait réveiller Mary.

Je décidai d'interroger successivement l'épouse et la servante et demandai au sergent de venir avec moi.

Emily Lempfig, vêtue d'une élégante robe noire nous reçut dans un grand salon magnifiquement décoré où trônait un piano demi-queue. Le soir tombait et plusieurs lampes répandaient dans la pièce une lumière tamisée très agréable. Visiblement, la maîtresse des lieux avait repris sur elle. Maquillage et coiffure impeccables, sa beauté était fascinante. Elle demanda à Mary, qui n'était jamais bien loin, de préparer du thé et d'apporter gâteaux et friandises. Puis elle nous toisa du regard et attendit nos questions.

— Madame, commençai-je, j'ai des questions à vous poser. Certaines vous surprendront sans doute, mais …

— Ne vous justifiez pas, inspecteur, je connais la procédure. Lorsque j'ai fait la connaissance de mon mari, je venais de terminer mon stage d'avocate.

J'étais en face d'une adversaire de taille et je savais à quoi m'attendre, ma femme étant elle-même « barrister ».[1] Je jetai un coup d'œil rapide à mon sergent qui ne broncha pas. Je me raclai la gorge et posai ma première question.

— Pouvez-vous me dire, Madame, combien de clefs ouvrent la porte d'entrée et qui en possède ?

— De quelle porte parlez-vous, inspecteur ? La porte principale ou celle de service ?

Un à zéro, pensai-je. Je me ressaisis et répondis :

— De la porte principale.

Emily Lempfig esquissa un très léger sourire.

— Effectivement, lorsque la police s'est présentée ce matin, Mary a ouvert et… elle était fermée à clé. Jonathan et moi avons chacun un exemplaire. Une troisième se trouve dans l'un des tiroirs du bureau de mon mari, vous l'avez sans doute trouvée lors de la perquisition. La mienne est dans ma chambre, je vous la montrerai.

Je regardai Grieg qui acquiesça et ajouta :

— C'est exact, il y en avait une sur la table de travail et l'autre dans un tiroir.

Mary entra et disposa tasses et petits plateaux de gourmandises sur la table basse du salon.

— Mary, s'il vous plaît, voulez-vous aller dans ma chambre et me rapporter la clé de la porte principale ?

La servante servit le thé, s'inclina et s'éclipsa en silence.

— Et… la porte de service ? demandai-je.

— Mary répondra à cette question, je ne sais pas exactement combien il y en a.

Le sergent Grieg toussota.

— Inspecteur, Mary m'a dit avoir trouvé la porte fermée, avec la clé dessus ce matin.

---

[1] Dans le système juridique anglais, le « barrister » est un avocat plaidant, par opposition au « solicitor », avocat proche de l'avoué français.

L'hypothèse de Lee se confirmait peu à peu. Mary revint et tendit quelque chose à Emily Lempfig qui brandit l'objet et le déposa devant moi.

— Voici donc ce que vous souhaitez voir, inspecteur.

— Madame, votre mari a été assassiné vers trois heures ce matin. D'après les renseignements dont je dispose, l'alternative est la suivante : ou bien le meurtrier est encore ici, ou bien l'un des occupants de cette maison l'a fait sortir avant l'arrivée de la police et devient ainsi complice.

Grieg me regarda, stupéfait par l'agressivité de cette supposition. En effet, c'était un peu léger comme preuve et tout à fait insuffisant pour inculper qui que ce soit. Emily Lempfig ne se laissa pas démonter par cette insinuation de débutant. Elle sourit, montrant que je ne l'avais pas déstabilisée et, se penchant vers moi, répondit :

— Je ne suis pas dupe, inspecteur. Je sais que vous finirez par le savoir. Je vais prier notre notaire de prendre contact dès demain avec vous, cela vous évitera de perdre du temps. Munissez-vous quand même d'un mandat. À ma demande, Jonathan après notre mariage a souscrit à une grosse assurance vie dont moi, et éventuellement nos enfants à naître, serions seuls bénéficiaires. Sur le reste de ses biens, le fils qu'il a eu d'un premier mariage a des droits au même titre que moi.

Je me sentis soudain mal à l'aise. Elle avait pris l'avantage en livrant spontanément une information à charge.

— D'autres questions, Inspecteur ?

— Une dernière, Madame. Votre couple…

— Vous savez, lorsque j'ai rencontré Jonathan… Disons que ma famille a favorisé tout ce qui m'a conduit à l'épouser. C'était un mariage de raison. Le respect et l'affection sont venus après, surtout lorsque j'ai attendu l'enfant que j'ai perdu pendant ma grossesse. Lorsque j'ai su que je ne pourrais peut-être plus en avoir, ce fut la dépression et j'ai reproché à mon mari de continuer à privilégier ses travaux. Il a fait ce qu'il fallait pour se rapprocher de moi. Ces mauvais moments appartenaient au passé. Ai-je été claire ?

— Oui, Madame.

Emily Lempfig se leva.

— Je vais vous laisser avec Mary qui répondra à vos questions.

Les réponses de Mary ne nous éclairèrent pas d'avantage. Elle confirma en tous points ce que nous savions déjà et précisa que seule Kate, la femme de ménage présente du lundi au vendredi, avait une clé de service. Les autres étaient pendues à un clou dans la cuisine.

Je laissai le sergent Grieg avec son équipe et lui donnai rendez-vous au Yard le lendemain à la première heure.

La nuit était tombée, il pleuvait et le vent glaçait les os. Je passai à Victoria Embankment[1]et, constatant que Lee avait déserté les lieux, je décidai de rentrer chez moi.

*

---

[1] Siège de Scotland Yard de 1890 à 1967.

CHAPITRE 6

Un autre soir, en avril 1959

Sa voix vient de partout, éclate dans la tête de Lempfig et déchire ses tympans. Il voit couler du sang sur le crâne illuminé par des lueurs fulgurantes qui agressent ses yeux. Jonathan respire avec difficulté et bruyamment. Il voit des éclairs surgir de tous les côtés à la fois, se perdre dans une fournaise qui sert de rempart au squelette embrasé. Leur tonnerre, c'est la voix de Pop dictant la genèse du meurtre qui doit emporter Jonathan dans la mort. Un tapis d'idées se déroule devant lui, idées furtives, simples, limpides. Des cornues, des alambics, des régates à Cowes, les gouttes d'un liquide, un homme noyé, un acide mortel, une mort foudroyante et indolore, un cadavre sur une plage, du sucre, deux morceaux de sucre ! Ils trempent dans le liquide et l'absorbent comme une éponge.

Mort ! Cyanure ! Mort ! Le sucre enveloppé dans son papier, le même petit paquet que Mister Hyde lui apporte chaque soir.

Café ! Sucre ! Mort ! Café … La cuillère remue le café noir qui contient le sucre empoisonné. On retrouvera des traces, infimes mais suffisantes.

Destruction ! Mort ! Testament ! Modifier son testament ! Faire surveiller de plus près sa femme et son amant par Gayle Winfrey ! Femme ! Emily ! L'envoyer dans différentes pharmacies pour lui faire acheter les éléments nécessaires à la préparation du poison. Gants ! Travailler avec des gants pour ne laisser aucune empreinte…

Le crâne de Pop se brouille de plus en plus. Des marées de pensées submergent Jonathan. La tête du squelette s'estompe lentement derrière un nuage de fumée. Lempfig ne sent plus son corps. Il a l'impression de se dissoudre lui aussi, en même temps que Pop…

Jonathan se réveilla en sursaut. Quel vilain rêve ! Et pourtant... Il regarda autour de lui. Il s'était à nouveau endormi. Il se leva et sortit un petit carnet de la poche intérieure de sa veste. Après en avoir consulté le calendrier, il sourit. Dans dix-huit jours, le Pleshey mourrait et sa mort ressemblerait à un accident.

*

Une heure trente du matin ! Jonathan regarda un long moment le cadran de sa montre. Depuis plus d'une heure il recopiait les notes prises dans son laboratoire à Cambridge. Il leva les yeux pour regarder son ami. Toujours cet éternel sourire, ces dents bien blanches et bien rangées. Lempfig aimait à se tenir près de lui, sa présence lui était plus qu'indispensable. Curieuse amitié entre deux êtres aussi dissemblables : l'un, jeune encore, robuste, grand. L'autre, splendide spécimen de squelette dégingandé. Absolument intact. Des os lisses, blancs, froids, toujours reluisants et propres.

Chaque jour, Jonathan procédait à sa toilette. Le chiffon enlevait la crasse invisible qui recouvrait le corps entier de Pop. Il était là, suspendu à sa potence, immobile, les mains pendantes. Ce calme était beau.

— Quel vilain rêve ai-je fait hier soir, mon vieux ! Juste avant le repas ! Un rêve qui m'a bien servi. J'ai à peu près tous les éléments nécessaires à mon suicide. Cependant, quelque chose ne va pas. Tout semblait si simple, si facile… Ce n'est pas normal ! Une vraie partie d'échecs sans adversaire. Ma force sera d'être à la fois moi et mon adversaire. Les personnages, les choses se laissaient manœuvrer comme des pions, je les prenais à pleine main, j'évoluais avec légèreté. Tout se passait comme vous me l'avez dicté.

Jonathan commença d'arpenter son bureau, sans plus regarder son interlocuteur souriant. Le bout de ses chaussons le préoccupait. Il y avait un trou qu'il n'avait pas remarqué avant. Un gros trou. Encore une négligence d'Emily. Habituellement, elle donnait des ordres conséquents à Mary pour que son mari fût impeccable. Évidemment, depuis quelques temps, il s'en apercevait de plus en plus, ses « occupations » l'empêchaient de veiller à tout. Elle le négligeait ! Il était affreux ce trou ! Il lui en ferait la remarque demain. Il lui dirait calmement, gentiment. Pas en ricanant ! Juste avec un sourire. Pas facile ça. Comment pouvait-il sourire maintenant ?

Depuis qu'il avait reçu la lettre de Gayle Winfrey, Lempfig n'arrêtait pas de se poser des questions idiotes.

— Excusez-moi, Pop ! Je vous ai laissé tomber. Avez-vous remarqué que je suis très préoccupé en ce moment ? Non ? Si ! Si ! Ma question est stupide d'ailleurs. Vous êtes au courant de tout. Je suis un peu excité, mais vous savez, ça passera ! Juste le temps de m'habituer à ce que je compte faire, et ce sera fini. Dieu, que ce trou est affreux ! Ce soir, j'ai repéré une tache sur la manche de ma chemise. Ça n'arrivait pas avant. À peine y avait-il une salissure sur mon col, déjà ma chemise était avec les affaires sales. Ce temps n'est plus ! Je vais vous raconter en détail ma soirée. C'est amusant ! Vous allez rire ! De toute façon, vous riez toujours. J'ai perdu mes habitudes Pop.

Lempfig arpentait la pièce de plus en plus vite. Il s'était emparé d'une paire de ciseaux et d'un bout de papier. Il découpait.

— Perdu mes habitudes ! Pourtant je suis très calme, n'est-ce pas ? Vous le savez, vous me l'avez dit. De temps en temps, une petite saute d'humeur, comme ça, pour me faire entendre… et puis ma colère retombe, immédiatement, dès que je vous vois ou dès que je pense à vous. Si je n'étais pas vraiment calme, ce n'est pas le fait de vous voir ou de penser à vous qui me rendrait ma sérénité. C'est mon véritable caractère, sans plus ! Un homme calme n'est-il pas toujours plus apprécié qu'une « soupe au lait » ? Moi, quand je veux être calme, je le suis ! Pas autant que vous, mais ça viendra, je le sens ! J'y travaille … Ah, Pop, être ce que je suis, quel délice ! Donc, mes habitudes… disparues ! C'est sans importance, elles reviendront vite ! Mon calme habituel reprendra bien vite le dessus. Je suis à leur recherche, je fouille ma mémoire. Elle est extraordinaire ma mémoire, j'ai dû vous le dire, je ne sais plus quand. Je vous dis tout. Après mon rêve, je me suis réveillé. Écoutez bien Pop ! Les prochaines régates à Cowes commencent le 25 avril. Voici ce que NOUS avons décidé : ma vengeance se fera en deux temps. D'abord me débarrasser de l'amant, ensuite de ma femme. Pour la seconde partie de mon plan, j'ai choisi comme date… voyons… Ah zut !

Lempfig plongea la main dans sa poche, en sortit un agenda :

— Voilà ! Le 6 Mai, soit quelques jours après la mort de Pleshey, ce soir là, nous sommes invités chez la vieille folle qui habite en face. Oui mon cher ! Les dames les plus extravagantes de Londres vont se réunir avec leurs petits chiens et leurs chapeaux ridicules pour assister à un concours, une espèce d'exposition canine ! Le vainqueur sera le chien le mieux dressé et le plus intelligent. Vous voyez à quel point tout me sert ! En attendant ces deux dates, je vais tout préparer pour réussir. Il faut qu'Emily ne s'aperçoive de rien. L'autre soir, malgré toutes mes bonnes résolution, lorsqu'elle est entrée dans le salon, je lui ai souri, je lui ai dit bonjour, tendrement, je lui ai demandé d'où elle venait. Effet raté ! Elle m'a regardé et m'a dit :

— Vous ne m'embrassez pas ?

— Première boulette ! Ne riez pas, je n'ai pas fini !

Je l'embrasse, puis je réitère ma dernière question.

Seconde boulette ! Il paraît que je ne lui demande jamais d'où elle vient, ni où elle va. Je n'ai pas perdu mon sang froid. Je lui ai fait remarquer l'heure tardive à laquelle elle rentrait. Elle m'a répondu avec un certain sourire que, depuis un an environ, c'était la première fois qu'elle rentrait si tôt. Il n'était que sept heures dix. D'habitude, elle rentrait vers huit heures et demie. Je crois que j'ai fait « ah ! » d'un air bête. Elle m'a regardé, m'a passé la main dans les cheveux, puis elle a prétendu que je me surmenais. Si elle n'était pas ressortie pour aller voir Mary, je l'aurais étranglée. Être ce que je suis ! Heureusement que vous êtes là Pop, pour me dire ce que je suis : calme, réfléchi ; oui, je sais, je ne suis pas parfait, j'ai des défauts…

Jonathan prit une seconde feuille de papier pour continuer son découpage. Il avait quitté sa veste et sa cravate. Il faisait chaud. Les manches retroussées, il taillait la feuille de papier. Ses pas étaient de plus en plus grands, de plus en plus rapides. Il parcourait une ligne infernale allant de Pop à son bureau.

Sa respiration augmentait, sa voix devenait de plus en plus saccadée.

— Je vais vous raconter la suite. Il m'énerve ce trou !

Lempfig considéra son orteil sortant par le bout de sa pantoufle, puis s'approcha du squelette et lui posa une main sur l'épaule. Il aurait aimé que Pop lui posât, lui aussi, la main sur l'épaule ; l'illusion eût été complète.

— Essayez de me comprendre, Pop. Sentez comme cette soirée a pu m'être pénible. Je suis à plaindre, il faut me plaindre. Je vais me venger d'un être que je chérissais au moyen d'un être que j'adore. Je dois en mourir pour ne pas en souffrir. La sagesse, ce serait de pardonner, de comprendre. Je l'aurais fait si Emily m'avait trompé par amour. Pas pour de l'argent ! Je la déteste ! Je dois la détester ! Je refuse d'être « joué » comme un objet qu'on met en gage chez un prêteur. Je vaux trop cher pour cela. Car il ne peut s'agir que d'argent. Je suis supérieur, à tous les points de vue, à son amant. Incomparablement ! Dans ce monde, l'argent fait tout, régente tout. Je vais commettre un crime, alors que je ne suis pas un assassin. Comment le réussir, comment penser, peser, évaluer chaque détail, comment jouer la comédie ? Tout m'effraie, Pop ! D'insurmontables obstacles, des fautes possibles, des détails que je pourrais oublier. Je vous en supplie Pop, aidez-moi à réussir ! Je me sens faible, sans forces. Votre aide me sera précieuse. Votre seul réconfort peut parvenir à épanouir ce dont je suis capable. Je n'ai rien d'un assassin. Vous, au contraire, vous prétendez que je dois réussir parce que c'est moi. Le crime n'est pas une science, c'est un don. Autant je me sens à l'aise dans mon laboratoire à la fac, autant la réalisation de mon projet me paraît insurmontable. Vous prétendez le contraire, vous me l'avez soufflé tout à l'heure dans le salon. Tout était simple. En sera-t-il de même dans le réel ? Je dois y parvenir. Je suis fort, intelligent, volontaire. Intuitif, peut-être ? Tout à l'heure, j'ai senti la bêtise de mes appréhensions. Sentir, c'est être intuitif, n'est-ce pas ?

Jonathan s'arrêta face au squelette, presqu'à le toucher.

— Maintenant, venons-en à la soirée et à mes forfaits. Vous verrez vous-même que rien n'est si simple. Moi ! Me « jouer » à la bourse ! Moi ! L'inestimable Docteur Lempfig ! S'ils n'ont pas pitié de moi, du moins peuvent-ils en avoir pour mes études, pour mes découvertes ! Je suis indispensable à mes découvertes. Je suis indispensable à tous ceux qui veulent faire l'amour sans enfanter. Quelques milliers de livres valent-elles donc la tranquillité de millions d'hommes et de femmes ? Et si oui, qu'importe alors ma propre vie.

Jonathan se tut. Sa respiration devint plus forte et couvrit peu à peu tous les petits bruits qui flottaient, imperceptibles presque, dans le bureau surchauffé. Il transpirait à grosses gouttes. Il les sentait rouler sous ses aisselles, le long de son cou, de son dos et de sa poitrine. Pop n'était plus qu'une vague silhouette, mouvante comme un reflet dans l'eau, évoluant aux caprices des battements de paupières du médecin en transes.

La touffeur dans le bureau était insupportable. Un orage montait sur Londres, alourdissant un air irrespirable.

— Quelle soirée pénible, Pop ! J'ai cru qu'elle ne finirait jamais. J'ai été d'une maladresse ! Après mes premières bêtises, Emily s'est penchée vers Mister Hyde qui tiraillait sa robe, l'a pris dans ses bras et l'a embrassé. Mister Hyde l'a léchée en poussant de petits gémissements. Elle frottait son nez contre son poil raide, lorsque j'ai vu une larme perler à son œil droit et descendre le long de sa joue pendant qu'elle berçait son protégé. À quoi pensait-elle ? À « Lui » évidemment. Ce ne pouvait être qu'à « Lui ». Elle regrettait d'être rentrée, c'est évident ! Et elle tenait cette boule de poils toute blanche dans ses bras souillés. Elle osait tenir ainsi Mon cadeau, Mon chien ! Je l'ai haïe du plus profond de mon cœur, j'ai eu envie de la tuer. Qu'ai-je fait alors ? Je ne me rappelle plus très bien ce que j'ai fait. Deviendrais-je fou ou amnésique ? Tout ce que je fais inconsciemment, je ne m'en souviens plus. J'ai pourtant bien fait quelque chose puisque, lorsqu'elle m'a demandé comment se portait Mister Hyde, ma main ébouriffait le poil rêche du loulou. Il me semble qu'avant, quelques mètres me séparaient d'eux. Je ne me souviens pas les avoir franchis. Je ne sais plus si, pour caresser Mister Hyde, j'ai sorti ma main de ma poche. C'est très grave Pop ! Je ne peux plus me souvenir de ce que j'ai fait ni de ce que j'aurais pu faire. Je lui ai répondu. J'ai dû rapporter la journée de Mister Hyde en inventant tout, puisqu'il ne s'est pas manifesté … Mais si ! Dans mon bureau, ce soir ! Pop, rappelez-vous, il était bien là ? Après vous avoir parlé, je l'ai appelé en sortant ?

Une sourde angoisse envahit le médecin. Il cherchait à se souvenir de détails, d'actes, de faits précis sans y parvenir. Au moment où il croyait se rappeler quelque chose, ce quelque chose lui échappait sournoisement.

Le médecin reprit sa marche hallucinée, allant de Pop à son bureau, du bureau à Pop.

— Mais Bon Dieu ! Que m'arrive-t-il ? J'ai pourtant bien remarqué que les assiettes fumaient encore ! J'ai même été étonné de les voir encore fumer. Un temps infini s'est écoulé entre le moment où je me suis endormi à moitié et celui où Emily est entrée. Il n'en était pas ainsi puisque le potage semblait toujours aussi chaud. Je suis certain de ne pas avoir dormi. Je ne voulais pas dormir. Ce que j'ai vu, je l'ai vécu. C'était trop net pour être un rêve. De toute façon, je ne rêve jamais en couleur.

L'agitation de Jonathan allait croissant. Ses pensées étaient interrompues par des images fugitives qu'il ne parvenait pas à chasser. Soudain, il sursauta. D'habitude, sa femme rentrait tard. Aujourd'hui, c'était une exception. Habituellement, Mary dressait le couvert tôt et attendait le retour d'Emily avant de servir le dîner. Si elle avait servi, lorsque lui, Lempfig, était entré dans la salle à manger, c'est parce qu'Emily était déjà arrivée, sinon la vieille bonne n'aurait rien versé dans les assiettes. Elle avait certainement vu, de sa cuisine, arriver la voiture devant la grille. Emily avait mis au maximum cinq minutes pour venir jusqu'à la salle à manger. Tout ce qu'il avait vécu s'était donc passé en l'espace de cinq minutes.

— Mais je ne suis pourtant pas fou ! Je sais parfaitement que tout s'est passé selon un laps de temps bien plus long !...

Fou !... Il fallait l'être pour tuer avec tant de cynisme, pour perpétrer un crime dont le seul motif était la vengeance.

Un ébranlement bruyant et sourd secoua la maison tout entière. Le courant d'air qu'il ressentait quelques instants auparavant soufflait plus fort. Un second grondement fit frissonner bruyamment les vitres. L'orage éclatait sur Londres. Il pleuvait. Londres croulait sous des trombes d'eau.

Le médecin se redressa, fixa Pop de toute sa hauteur et s'écria d'une voix rauque :

— Mais je ne suis pas encore assez fou pour oublier mes desseins ! Je sais encore ce que je dois faire ! L'orage s'est abattu sur Londres ! Dans un mois, ce sera la nouvelle lune. Le 25 Avril, nous faisons le tour de Wight. Comme tous les ans à cette époque, il y a deux chances sur trois pour que la tempête souffle sur le Channel. Une tempête sur le Channel au moment des grandes marées, vous ne savez pas ce que c'est Pop ! Quelqu'un qui y tombe sans bouée de sauvetage est perdu s'il n'est pas repêché immédiatement. De plus, en face de Cowes, les marées contraires s'affrontent dans le Solent, et créent un énorme clapotage. Les courants qui glissent les uns contre les autres forment des tourbillons gigantesques au large. Je n'ai que huit chances de réussite, même pas, cinq sur dix ! Mais si je veux que ce crime ressemble au maximum à un accident, je ne dois pas rejeter ces cinq chances. J'ai six équipiers. En admettant que Pleshey tombe à l'eau, assommé ou à moitié assommé… Si l'équipage ne s'aperçoit pas qu'un homme est à la mer ? Hein Pop, n'est-ce pas magnifique ? Non Pop ! Mon projet n'est pas insensé ! Je connais assez la mer, et surtout mon bateau, pour savoir que tout est possible ! Il ne suffit que de s'y préparer. D'abord, envoyer une convocation à tous les membres de mon équipage… Leur donner rendez-vous le 23 à Gosport afin de gagner Cowes et commencer les entraînements. C'est ça ! Je le tiens le « Pleshey » !

Lempfig se tut. Un rictus diabolique déformait ses traits. Il était dans un état halluciné. Cinq chances sur dix ! Il fallait que la mer fût aussi grosse que les sept années précédentes. Une voix disait à Lempfig qu'elle le serait. Il n'avait plus peur. Sûr de lui, il considérait sa vengeance comme déjà accomplie. Le médecin était fatigué. Ses jambes flageolaient. Il suait abondamment.

Un craquement sinistre secoua la maison. Les vitres frissonnèrent. La lumière s'éteignit. Lempfig était dans le noir. De temps en temps, une lueur bleutée éclairait la pièce, l'espace d'une seconde. Le médecin s'approcha de la fenêtre et l'ouvrit.

Le ciel s'embrasait d'éclairs blancs, aveuglants, qui frappaient tout, allongeant leurs mains crochues sur Londres endormie.

Un roulement caverneux et continu, entrecoupé de crachements sonores, recouvrait la ville, l'agitant d'un tressautement incessant. Brusquement, une fantastique flamme bleue zébra le ciel, illuminant les maisons alentour d'une lumière crue. Chaque détail du paysage fut éclairé par une lueur intense. Alors, les yeux de Jonathan aperçurent devant la grille du jardin une haute silhouette. Le vent se rua dans le bureau. Lempfig, déséquilibré, battit des bras en reculant. Surpris, il poussa un cri, lutta contre le courant d'air, essaya de se retenir et tomba lourdement. Sa tête heurta l'accoudoir rembourré d'un fauteuil. Quand il reprit ses esprits, il se leva et s'approcha de la fenêtre. Les volets battaient le long du mur. Un autre éclair illumina la rue. La haute silhouette qui se tenait quelques instants plus tôt derrière la grille du jardin, avait disparu.

*

CHAPITRE 7

Mercredi 20 janvier 2016

Le claquement sourd d'une porte de voiture me réveilla en sursaut. Puis j'entendis des cris et des coups frappés contre une porte.

Je repris mes esprits rapidement et reconnut la voix de Moira, ma fille aînée, qui tambourinait à ma porte de chambre.

Moira, encore un prénom écossais allez-vous me dire. Eh bien non ! Il est d'origine irlandaise et signifie « Marie ».

— Papa ! Papa ! Ça va ? Comment te sens-tu ?

— Entre Moira, entre ! Je vais bien. Que se passe-t-il ?

Ma fille entra dans la chambre, ouvrit les lourds rideaux qui empêchaient le jour de pénétrer, s'approcha de moi et déposa un baiser furtif sur mon front.

— Nous sommes inquiets. Il est presque midi...

— Déjà ! murmurai-je. Je me suis endormi si tard.

— Je comprends, dit-elle en s'asseyant sur le bord du lit.

Le silence s'installa dans la pièce. Il me parut long. Chacun pensait à celle qui n'était plus. Puis Moira se leva.

— As-tu besoin d'aide ?

— Mais non, je peux me débrouiller tout seul. Va plutôt les prévenir que tout va bien. Ils sont inquiets ?

— Oui, très !

Elle se préparait à sortir lorsqu'elle se ravisa et s'approcha du lit.

— Le déjeuner sera prêt dans une heure environ.

— J'y serai.

L'inconvénient, lorsque vous êtes âgé et devenu veuf, c'est votre famille. Vous avez l'impression de retomber en enfance. On s'inquiète pour vous. Vos proches pensent que vous n'allez pas tenir le coup et que vous allez être incapable de vous débrouiller –surtout quand c'est l'épouse qui part la première–. En un instant, vous êtes mûr pour la maison de retraite avec assistance médicale.

Après avoir pris ma douche et m'être rasé, je m'habillai et gagnai le salon où l'on m'attendait. Mon fils, ma fille et leurs conjoints, qui avaient passé la nuit ici, se levèrent à mon arrivée, désolés d'avoir dû me réveiller. Les questions... Oh les questions ! Comment j'allais, comment je me sentais, pourquoi avais-je dormi si tard ? Et ces yeux qui m'inspectaient : rasage, habillement... comme si, à mon âge, malgré la mort de ma femme, je n'étais plus capable de vivre normalement, d'être propre et élégant. Je répondis néanmoins avec affabilité à leurs inquiétudes. Le contraire m'eût desservi, ils auraient pensé que j'étais gâteux.

Pendant le repas, Moira et Donald tentèrent de sonder mes intentions futures. Je leur répondis que je pouvais parfaitement me débrouiller seul dans la mesure où Jane continuerait son service habituel, auquel on ajouterait la préparation des repas.

Moira essaya bien de me décider à venir passer quelques jours chez elle. Je déclinai l'offre avec un grand sourire. J'étais bien chez moi, en plein centre de Londres. Mes amis étaient proches et je me sentais incapable de m'éloigner de mon bureau et de ma bibliothèque. En outre, les magasins étaient tout près et les commerçants, je les voyais tous les jours depuis des années.

Moira et Donald finirent par se résoudre à me ficher la paix non sans avoir obtenu la promesse que je les appellerais au moindre problème. Ils partirent en fin d'après-midi.

Enfin le calme ! Vous les vivants, vous ne savez pas à quel point celui qui vient de perdre l'être aimé a besoin de solitude pour plonger dans sa vie passée et dans son jardin secret.

La nuit allait tomber. Jane, qui avait préparé le repas de midi, me demanda si je souhaitais dîner.

Elle me proposa, à titre exceptionnel, de passer la nuit ici si je le désirais. Non, je n'avais pas besoin de manger, le repas de midi avait été copieux. Je la remerciai et lui demandai de ne rien changer à ses habitudes. Pour quelques Livres de plus, elle accepta de faire désormais, en plus, la cuisine.

Je me retrouvai seul et gagnai mon bureau où mon vieux fauteuil club en cuir m'accueillit à bras ouverts. Je bourrai ma pipe, me servis un whisky coupé d'eau –plate, bien sûr. C'est un crime de mettre de l'eau gazeuse dans un malt– juste fraîche pour ne pas en casser le fumet. J'en profitai pour mettre un CD dans la chaîne. Ah ! Purcell[1]... Quelle merveille !

J'ai besoin d'un peu de gaité ce soir, mon premier soir « tout seul ». Ma main s'est refermée sur le col de la bouteille de whisky. Un vieux Cardhu. J'aime tout ce qui est « Speyside »[2]. Et puis c'est là qu'est le berceau de ma famille. Mais, après réflexion, je repose le flacon. Je ne suis pas en état d'être... disons... raisonnable. Comme je n'ai pas envie de dormir, je vais finalement regarder la télé.

Après m'être installé confortablement et avoir stoppé le CD, je presse le bouton rouge de la télécommande et tombe pile sur un épisode des « Experts Las Vegas ». Une rediffusion sur une chaîne payante. J'aime bien Grissom ; il est sympathique. Et très fort aussi. Le vieux, très vieux flic qui regarde la « Rolls » de la scientifique est en admiration. Quand je pense qu'on n'avait pas tout ça et qu'on arrivait à coincer quand même les

---

[1] Henry Purcell (1659-1695), l'un des plus grands compositeurs anglais.

[2] Petite région au Nord-Est de l'Écosse, principale zone de production de grands whiskies des Highlands.

assassins avec presque rien comme moyens ! Je trouve qu'on était de très, très bons flics à mon époque. Ce qui est embêtant dans toutes ces séries, c'est qu'on donne aux malfrats toutes les ficelles pour compliquer la vie des enquêteurs. Bon Dieu ! Gangsters ou assassins n'ont pas besoin d'aide ! À part quelques abrutis, ils ont en général assez d'imagination pour nous embrouiller. Bon, même si j'aime Grissom et son humour, je ne vais pas regarder jusqu'à la fin. La fatigue commence à se faire sentir.

En passant devant les rayonnages bourrés de livres, j'en prends un au hasard. Il m'aidera à m'endormir.

Une fois en pyjama, je me couche et ouvre le bouquin à la première page :

« Mrs Ferrars mourut dans la nuit du 16 au 17 septembre, un jeudi ».

Tiens ! « Le meurtre de Roger Ackroyd » d'Agatha Christie !

Pris au hasard ? Je n'y crois pas !

Je n'ai pas été plus loin que la page dix. Je ne crois pas avoir rêvé.

Jeudi 21 janvier 2016

Un « toc-toc » discret à la porte.

— Entrez, Jane, je suis réveillé depuis un bon moment déjà.

La porte s'ouvre, une ombre entre et se dirige vers les fenêtres. Grincement des anneaux de rideaux sur les tringles, le jour envahit la chambre.

— Bonjour Monsieur, avez-vous bien dormi ? Votre petit déjeuner est prêt.

Jane pose ma robe de chambre au pied de mon lit et sort en silence sans attendre ma réponse. Très discrète cette Jane ! À notre service depuis dix ans. Ni belle, ni moche. Va à la messe tous les dimanches –elle est catholique–. Peu élégante mais très propre, elle n'attire pas l'attention masculine, ce qui lui convient parfaitement. Je ne suis pas sûr qu'elle ait jamais vu le loup à quarante cinq ans. Noreen avait peut-être plus de détails à ce sujet... Malgré mon tempérament fouineur de vieux flic, je ne cherche pas à savoir.

Jane connaît mes goûts. Je me suis régalé avec ce qu'elle m'a préparé. Je lui ai demandé de faire une liste de courses tenant compte de ce qui restait du repas d'hier, du contenu du réfrigérateur et du congélateur. En attendant j'ai pris une douche après m'être rasé.

Jane a fait une petite liste de ce dont nous avons besoin jusqu'à samedi –il est convenu qu'elle déjeune à la maison–. Elle prendra désormais son samedi après-midi, le dimanche et le lundi matin. Je devrai me débrouiller le dimanche, mais ça ne me pose aucun problème : enfants, petits enfants, amis... à défaut, le restaurant, je peux me payer ce luxe.

Je sors, un sac à provisions à la main. Un rayon de soleil vient juste de trouer la couche de nuages.

Quelle impression bizarre ! D'habitude, je tiens le sac de la main gauche, la droite enserrant le bras de Noreen. Cette fois, je ne sais pourquoi il pend à ma main droite. La liste de courses est restreinte et je reviens une heure plus tard.

Pendant mon absence, Murdoch, le plus jeune fils de Donald, a téléphoné.

— Il est désolé de n'avoir pu assister aux funérailles de Madame, ajoute Jane. Mais votre fils l'a prévenu un peu tard et il n'a pas trouvé de vol low-cost en provenance de Sydney. Il arrivera samedi assez tard.

— Merci Jane. Je vais l'appeler.

Murdoch est un charmant gamin de vingt-neuf ans que Noreen et moi aimions beaucoup. Son père et sa mère n'ont pas du tout d'atomes crochus avec lui et le prennent pour un raté.

Dommage ! C'est un enfant sensible, intéressant, intelligent et profondément humain. Donald, mon fils, dit qu'il a deux défauts rédhibitoires : il est cossard et n'a jamais voulu devenir flic. Aux yeux de Donald, c'est une tare !

Il doit être dix heures du soir à Sydney. J'appelle son portable. L'attente me paraît longue. Enfin, la sonnerie !

— Hello, G-Pa, comment vas-tu ?

Cette façon de m'appeler, au lieu de Grandpa,[1] m'a toujours amusé

— Bien Murdoch, si tu savais comme je suis heureux de t'entendre. Et merci ! Les fleurs que tu as commandées depuis l'Australie et le petit mot qui les accompagnait... ça m'a fait... j'en ai eu les larmes aux yeux.

— G-Pa, j'arrive samedi très tard. Je suppose que dimanche, Papa et ma tante seront avec toi. C'est bien.

— On déjeunera ensemble... Viens !

— Non G-Pa. Tu sais que moins je vois certaines personnes, mieux je me porte. Je te propose de déjeuner tous les deux lundi. Je connais un restaurant français... tu m'en diras des nouvelles. Je t'invite. C'est d'accord ?

— Bien sûr que c'est d'accord !

— Je passerai te prendre à midi pile. Bien sûr, c'est notre secret. Je t'embrasse G-Pa.

— À lundi, mon petit.

Le reste de la semaine me parut long, très long, ponctué par des tâches et des promenades monotones.

Heureusement, j'avais des amis, mon club dont les membres, malheureusement, étaient souvent plus jeunes que

---

[1] Grandpa : papy

moi, le cinéma, enfin le théâtre que j'affectionne particulièrement. Mais à l'idée de voir mon petit fils, toutes ces occupations me parurent bien fades et que dire du repas dominical avec Donald, Moira et leurs conjoints ?

Le dimanche qui suivit ce coup de téléphone, je réussis néanmoins à faire bonne figure, malgré toutes les histoires de flics ennuyeuses que débita mon chef-superintendant de fils. Je crois que Donald est jaloux. À son âge, j'étais déjà directeur adjoint du MET[1]. Alors, il me « bassine » avec ses histoires de police aux méthodes modernes, qu'il oppose à celles de mon époque qui « n'avait même pas de service scientifique ». Heureusement, nous avions déjà l'anthropométrie et les empreintes digitales, sinon il m'aurait rangé dans la catégorie des dinosaures.

Moira s'enquit de ma santé, m'invita à venir passer quelques jours chez elle –je remarquai que ça n'enchantait guère Richard, son mari– et je lui promis de le faire lorsque Jane prendrait ses congés.

Quel soulagement de les voir partir juste après le thé ! Patience... Demain sera un autre jour, plus agréable, je n'en doute point.

*

[1] The MET, ou Metropolitan Police Service, est la force de police responsable du Grand Londres. Son siège est à Scotland Yard.

CHAPITRE 8

Lundi 27 avril 1959

Jonathan s'affala dans l'un des fauteuils de son bureau. Désespéré. Il n'y avait pas d'autre mot. Pourtant le « Pleshey » était mort. Noyé ! Il aurait dû être ravi, c'est ce qu'il voulait. Mais, il n'y était pour rien. Malheureux concours de circonstances ? Même pas ! Le « Pleshey » s'était trouvé au mauvais moment au mauvais endroit.

Jonathan n'avait pas lésiné sur les moyens. Mais les trois petits sabotages soigneusement préparés pour le flanquer à la mer n'avaient pas marché. Peut-être, pour se préserver, avait-il été trop timoré. Pourtant Jonathan avait envisagé toutes les possibilités en fonction des postes que l'amant d'Emily occupait à bord et des manœuvres auxquelles il participait. Il y avait réfléchi pendant des jours et des nuits entières. Pour arriver à la conclusion que ces petits sabotages ridicules n'avaient presque aucune chance de réussir. Trop de facteurs entraient en jeu. Il fallait gros temps. Même en avril, il pouvait faire beau sur le Solent[1] avec une mer calme. Il fallait que le « Pleshey » soit là, à la manœuvre de ce qu'il avait saboté… En bref il s'était contenté de trois malheureux bricolages qui avaient une chance

---

[1] Bras de mer séparant l'île de Wight de l'Angleterre.

sur mille de marcher. Il se sentit nul. Tout ce qu'il avait projeté, calculé, n'avait strictement servi à rien.

Et pourtant, le « Pleshey » avait bel et bien péri noyé. Hasard, malédiction, destin ? Mais pourquoi donc n'avait-il pas vu cette lame, cette vague scélérate, inhabituelle dans le Solent, qui arrivait sur l'arrière du bateau ? Concentré pour rester vent arrière mais, en même temps, hypnotisé par le « Pheshey », cherchant à le piéger et le jeter à la mer alors que le crépuscule s'installait sur les eaux noires et écumeuses, il ne l'avait pas vue venir. Sournoise, énorme, commençant juste à déferler, c'est son grondement sourd dominant la clameur du vent et sa complainte dans les superstructures du « Njörd »... Il s'était retourné trop tard. La vague avait soulevé la poupe, plongé la proue dans la vague devant, fait pivoter le bateau brusquement et provoqué un empannage[1] brutal et incontrôlé. La bôme[2] avait balayé le pont avec une violence inouïe, « Njörd » avait gîté et remonté au vent. Lorsqu'il avait repris le contrôle en jurant, il avait entendu ce que tout marin redoute, « un homme à la mer » ! Hébété, comme tous les membres de l'équipage décontenancés par cette manœuvre catastrophique, il avait rapidement vu que Henry Pleshey n'était plus sur le pont.

Vite ramené à la réalité par les cris de ses équipiers qui cherchaient à voir l'homme à la mer qui aurait dû flotter grâce à sa ceinture, il avait repris le contrôle de « Njörd » et s'était dirigé vers l'endroit où, théoriquement, le « Pleshey » était tombé à l'eau. Mais, il faisait déjà sombre et, malgré son air morose, Jonathan jubilait intérieurement. Les chances de retrouver le naufragé étaient minimes, car la cartouche de son gilet gonflable était vide. Il ne put s'opposer à l'appel radio que

---

[1] Virement de bord d'un voilier par vent arrière. Opération délicate par gros temps.

[2] Espar horizontal, perpendiculaire au mât sur lequel est attachée la grand-voile.

lança l'un des membres de l'équipage et pria pour que les secours n'arrivent pas trop vite.

Jonathan se leva et commença à arpenter son bureau.

Le « Pleshey » – Jonathan le haïssait tellement qu'il ne parvenait pas à l'appeler autrement, comme s'il ne s'agissait que d'une chose – n'avait pas encore été retrouvé, malgré les moyens développés par les garde-côtes. Il est vrai qu'ils avaient dû interrompre les recherches, tant à cause du mauvais temps que de la tombée de la nuit. Et la journée du dimanche n'avait rien donné. Le coroner et un lieutenant des garde-côtes avaient longuement interrogé Jonathan et les membres de l'équipage sur les circonstances de ce qui n'était encore qu'un accident. Toutefois, leurs investigations les avaient poussés à questionner les autres équipages en course et, entre autres, à Graham Crawford, Juge de la Haute Cour de son état, concurrent redoutable que Jonathan appelait « Mister Justice ».

Crawford était seul maître après Dieu de « Vanitia », un splendide ketch de soixante cinq pieds, assez bien mené par son patron pour gêner le « Njörd » par gros temps. Lempfig reconnaissait que Crawford était le plus valeureux de ses adversaires à Cowes, mais leur antagonisme contenait tant de correction et de sportivité qu'il ressemblait plutôt à une bonne camaraderie compétitive. Crawford était le genre d'homme à qui l'on aime parler, pour son bon sens et ses sobres raisonnements, mais que l'on ne désire absolument pas rencontrer lorsqu'il s'agit d'être seul. Les équipages, proches du « Njörd » qui rentrait au port au moment du drame, n'avaient en fait pas vu grand chose et n'avaient pas réalisé tout de suite ce qui se passait. Ils avaient été étonnés par l'empannage inattendu du bateau de Lempfig, malgré la grosseur de la vague que tout le monde avait remarqué. Graham Crawford fut le plus étonné de tous et il ne cacha pas que le skipper du « Njörd » devait être préoccupé par une difficulté à bord pour ne pas parer à cette grosse vague. Le lieutenant des garde-côtes questionna Jonathan à ce sujet en insistant sur l'attention particulière que requiert le pilotage vent-arrière par fort vent et mer grosse. Mais, faute de preuves contraires, le coroner et lui avaient conclu à un accident en attendant de retrouver le corps de Pleshey qui, théoriquement, aurait dû flotter grâce à sa ceinture de sauvetage.

Les régates du samedi et du dimanche matin ayant été annulées, le « Njörd » regagna Gosport.

Jonathan reprit sa place dans son fauteuil et soupira. Il avait peur. Il avait peur parce que, lorsque le corps du « Pleshey » serait retrouvé, on constaterait immédiatement que la cartouche de sa ceinture était vide. Et si les enquêteurs regardaient de trop près son bateau, ils trouveraient sans doute les deux ou trois petits sabotages mettant en jeu la sécurité du « Njörd » et de son équipage.

Un grand frisson courut le long de sa colonne vertébrale. Il avait peur. Peur qu'on constate… Quoi ? Après tout le coroner avait conclu à un accident. Pour l'instant. Jonathan se leva et marcha vers Pop.

— Qu'en pensez-vous ? C'est ce « pour l'instant » qui m'angoisse. Lorsque le cadavre sera retrouvé…

Jonathan n'était qu'à quelques centimètres de la face grimaçante du squelette. Un long silence s'installa.

— Oui, vous avez raison, mon vieux. C'est vrai, j'ai mis des gants pour vider la cartouche. Je pourrai toujours dire que Pleshey n'aura pas vérifié comme il faut son matériel. C'est d'ailleurs le cas. Mais… Les coups de lime que j'ai donnés sur le winch et sur l'accastillage ne résisteront pas à l'examen de la police. Quoique…

Jonathan s'éloigna de Pop en souriant.

— J'ai pris mes précautions, reprit-il. On ne trouvera pas mes empreintes. Et puis, qui prouve qu'un concurrent jaloux…

Il s'arrêta brusquement, se tourna vers Pop et claqua des doigts.

— Bon Dieu ! L'enquête de Winfrey ! Si l'on apprend qu'elle m'a informé que… Vite ! Il faut que je détruise son rapport.

Jonathan se précipita vers son bureau, ouvrit un tiroir soigneusement fermé à clef et en sortit la grosse enveloppe contenant rapport et photos. Il s'assit à la table, relut avec une lenteur affectée le rapport et regarda une à une les photos. Il chiffonna le tout, le déposa dans la vieille cheminée, craqua une allumette et enflamma le papier qui brûla en projetant sur lui une lueur sautillante.

— Ce qui me navre, Pop, dit-il en s'approchant une nouvelle fois du squelette, c'est que je ne suis pour rien dans la mort de l'amant de ma femme. Je ne l'ai pas tué et j'enrage. Et par dessus le marché, vous savez quoi Pop ? Lorsque je lui ai annoncé les circonstances de la mort du « Pleshey », eh bien elle n'a pas bronché ! Elle s'est contentée de dire : « Le remplacerez-vous facilement ? », puis elle est passée à table. Écœuré, je l'ai laissée seule avec son chien et j'ai préféré venir ici, avec vous. Vous vous rendez-compte ! C'est une vraie salope !

Lempfig s'aperçut qu'il avait inconsciemment hurlé ces deux dernières phrases. En sueur, il courut vers la porte et, la respiration haletante, écouta si Emily ou Mary, alertées par ses cris, ne venaient pas pour voir s'il avait un malaise. Vite rassuré, il revint à son bureau et s'assit.

— Pop, il faut que je me venge. J'en ai marre de tous ces gens qui me regardent avec un air goguenard. Que suis-je maintenant ? Un cocu ordinaire, rien de plus. Je n'ai même plus envie d'aller travailler et de retrouver une équipe qui doit bien rire dans mon dos.

Jonathan revint près de la cheminée et regarda les restes du dossier.

— Vous avez raison, Pop, il faut que je m'en débarrasse discrètement.

Il prit dans un tiroir une enveloppe et avec une feuille de papier froissée, récupérée dans sa corbeille, il y poussa les cendres.

— Je la jetterai demain dans une poubelle, ni vu ni connu. Et dès demain, je la déshérite au profit de mon fils. Elle n'aura rien !

Une nouvelle fois, Jonathan s'approcha du squelette.

— Oui, je sais, ça vous surprend, Pop. Les relations avec Edward sont tendues et nous ne nous sommes pas vus depuis deux ans presque. Il ne m'a pas pardonné d'avoir quitté sa mère pour Emily, alors qu'un vilain cancer l'emportait. Je sais tout ça, Pop. Mais, elle n'aura rien ! Et je vais lui transmettre aussi l'assurance vie…

Lempfig sursauta.

— Comment ça, non ?

Jonathan recula de quelques pas et regarda son squelette avec un air mauvais. Le silence s'installa. Puis, soudain, un large sourire illumina son visage.

— Excellent, Pop, excellent ! Vous avez raison. Modifier le bénéficiaire juste avant mon suicide… Oui, on se poserait des questions… En revanche, quand on aura découvert qu'en fait, elle m'a assassiné, le capital sera pour Edward. Elle n'aura rien et en plus elle ira en prison ! Excellent, répéta-t-il encore une fois. Mais, laissez-moi y réfléchir encore. J'aviserai… Car transférer l'assurance vie à mon fils, alors qu'on découvrira qu'elle me trompait, sera d'autant plus accablant devant un jury. J'aviserai, Pop.

Puis, il regagna son bureau, s'assit, allongea les jambes, croisa les bras et, le visage morne, à peine éclairé par sa lampe de travail, sombra dans un long silence.

Tôt le lendemain, il appela la fac de médecine et informa son assistant qu'il prendrait deux ou trois jours de repos. Il lui relata succinctement les événements du week-end et lui demanda de poursuivre en son absence les travaux en cours.

Dans la journée il se rendit à Gosport et, après avoir fait quelques emplettes chez un shipchandler, se rendit sur son bateau. Discrètement, il changea l'accastillage saboté quelques jours plus tôt et en profita pour se débarrasser de l'enveloppe contenant les cendres du rapport de Winfrey. Il ne restait qu'une chose à espérer : que Gayle Winfrey n'apprennent pas ce qui était arrivé au « Pleshey ». Sinon, les choses seraient plus compliquées.

Après, il rentra chez lui, adressa deux mots à Mary, constata qu'Emily, comme d'habitude était absente, puis, dépité, s'enferma dans son bureau.

CHAPITRE 9

Lundi 25 janvier 2016

Jamais matinée ne m'a paru aussi longue. Réveillé à cinq heures, j'étais prêt à six. À quatre-vingt-six ans, je suis redevenu un gamin, heureux de retrouver... un copain. J'ai toujours aimé Murdoch, le dernier des enfants de Donald. Arrivé sur le tard, ce garçon nous combla, Noreen et moi. Très différent de nos autres petits-enfants, il dévoila rapidement une personnalité originale qui l'opposa aux autres membres de la famille.

Fin, spirituel, anticonformiste physiquement et moralement, son humour captiva notre attention. À l'âge de quinze ans, il nous expliqua, à Noreen et moi-même, que nous menions une vie parfaitement barbante et qu'il y avait mieux à faire. En plus, il avait raison ! Nous avons donc « évolué » un peu. Malheureusement, ce petit changement installa une certaine distance dans nos relations avec Donald et Moira qui ne comprirent pas notre intérêt pour un paresseux fantaisiste qui avait dû changer de collège trop souvent à leur goût. Pour Donald, « artiste » n'était pas un métier. Moira partageait son opinion. Et en plus, Murdoch n'aimait pas le cricket ! Quelle honte !

À sa majorité, Murdoch prit sa liberté et passa de petits boulots en petits boulots. Passionné par la photo, il travailla en freelance pour plusieurs journaux, écrivit des articles, devint reporter de guerre, puis disparut pendant plusieurs années... pour ses parents seulement. Nous, nous avons toujours su où il était. Là, il revenait d'Australie où il avait passé deux ans à faire un reportage sur la condition des aborigènes et la vie animale dans le désert.

Jane fut surprise de me trouver debout de si bon matin. Elle savait l'intérêt que je portais à Murdoch et ne pensait pas que son retour me fît un tel effet.

Après avoir rendu visite, comme tous les jours, aux commerçants du quartier au pas de course, je m'installai dans le salon pour attendre LE coup de sonnette. Je crois bien avoir pris successivement une bonne douzaine de livres dans la bibliothèque. Je les refermai après avoir lu cinq ou six pages, leur contenu n'arrivant pas à calmer mon impatience.

Enfin, un peu avant midi, la sonnerie retentit à la porte d'entrée que j'atteignis avant Jane.

Il était là, mon Murdoch, un vrai écossais à la chevelure et la barbe fournies et flamboyantes.

— G-Pa ! dit-il simplement en m'étreignant.

Costaud, grand, yeux verts comme sa grand-mère, il me dépassait d'une bonne tête.

— Veux-tu un scotch ?

— Non merci, on le prendra au restaurant.

— Tu dîneras avec moi ce soir ? Jane attend ta réponse pour préparer.

— OK ! Tu es prêt ? Le taxi nous attend en bas.

Ce fut une journée comme on aimerait en vivre tout le temps. On bavarda comme deux pies, de tout et de rien, de sa vie en Australie, de ses projets.

— Toujours pas de femme ?

— Si, G-Pa. Une fille formidable, comme moi, tu verras.

— Je suis sûr qu'elle va me plaire ! Mais elle est venue avec toi ?

— Elle me rejoint bientôt. Elle est de là-bas, mais veut bien vivre quelques temps ici. Si elle ne s'y plaît pas, on repartira. Tu sais, l'Australie, c'est formidable !

— Que vas-tu faire en l'attendant ?

— J'ai trouvé un éditeur pour mon livre sur la faune et la flore du désert. Il suivra la publication de mes reportages que « Nature »[1] a acceptés dans le cadre des articles sur l'évolution, etc...

— « Nature » ? Diable ! Ce n'est pas rien, tu vas être célèbre. Tes parents seront fiers de toi.

— Ça m'étonnerait. Tu sais bien qu'ils auraient été fiers de moi si j'avais été bardé de diplômes, flic et con ! Mais journaliste, photographe, écrivain... des petits boulots quoi ! Tu sais, quand Donald – il appelait toujours son père par son prénom – m'a appelé – je suppose que tu lui as donné mon numéro – pour m'annoncer la disparition de grand-mère, j'ai eu l'impression que c'était une corvée pour lui. Au fait, tes relations avec lui et Moira ? Pas de changement ?

— Non ! Ton père surtout ne nous a jamais pardonné de montrer clairement nos sentiments pour toi.

Murdoch haussa les épaules.

— Il n'y a pas que ça, tu sais bien. Tu as atteint un poste au Yard qu'il n'obtiendra, vu son âge, sans doute jamais. En plus, il est persuadé qu'il est meilleur flic que toi. Pour lui, la police, TA police, était un exercice fantaisiste à base de flair.

— Il n'a pas tout à fait tort. À l'époque, sans la police scientifique telle qu'on la pratique de nos jours, le « flair » était capital. Justement...

Je me tus.

— Justement ? reprit-il.

---

[1] Revue scientifique hebdomadaire très célèbre en Grande Bretagne.

— C’est curieux... Depuis la mort de ta grand-mère, je ne cesse de me remémorer ce qui a empêché notre voyage de noces. Ça tourne en boucle dans ma tête.

— Que s’est-il passé, G-Pa ? Je n’en ai jamais entendu parler.

— Oh, deux fois rien...

— Mais encore ?

— Eh bien, nous n’avons pas eu de lune de miel. Nous avons bien fait un voyage de noces, mais pour fêter nos deux ans de mariage.

— Ho ! Que s’est-il passé ?

— Quelque chose qui a toujours fait rigoler ton père...

— Tu me raconteras ça ce soir, G-Pa ? C’est incroyable ! À cause du boulot ?

— Ma première enquête seul. Un vrai roman.

— Et depuis que tu es en retraite ?

Il n’acheva pas sa phrase.

— Quoi, depuis que je suis en retraite ?

— Tu n’as jamais pensé, avec Granny[1], d’en faire un roman ? Je me rappelle, elle écrivait bien, tu sais ?

— Euh... Non. Ça ne nous est jamais venu à l’idée.

— C’est un sujet en or, G-Pa. On verra ça ce soir. J’ai une idée.

Le déjeuner était fini. Nous nous préparâmes à partir.

— Tu résides où ?

— J’ai trouvé un B & B sympa à Soho.

— Ton père sait ?

— Non ! On fait une balade ? On a de la chance, il fait beau. On en profitera pour parler de tes aventures.

---

[1] Mamie

Nous nous sommes promenés une bonne partie de l'après-midi, ce qui me laissa le temps de raconter à Murdoch, sans entrer dans les détails, mes mésaventures de jeune marié. L'histoire l'amusa beaucoup.

Une fois rentrés à la maison, Murdoch prévint ses logeurs qu'il rentrerait sans doute très tard. Jane était sur le départ. Elle avait préparé un repas froid et léger, ayant supposé, avec raison, que nous n'aurions pas très faim.

Nous en profitâmes pour nous installer confortablement au salon. Murdoch me parla longtemps de ses activités, de sa rencontre avec Cate, de leurs projets. J'appris ainsi que Cate avait vingt-six ans. Artiste dans l'âme, elle commençait à être connue comme peintre et surtout comme photographe d'art. Une artiste quoi ! Qui ne plairait sans doute pas à son beau-père. Moi, elle me plaisait déjà et je fus ravi de la voir en photo. Belle fille, blonde, saine, sympathique.

Nous mangeâmes rapidement dans la cuisine et alors que nous étions revenus dans le salon et que je m'attendais à parler de Cate, j'eus la surprise de voir Murdoch sortir un volumineux carnet de sa poche et un stylo.

Il s'assit face à moi et dit tout simplement

— G-Pa, raconte-moi en détail ton enquête de la lune de miel manquée.

J'en restai bouche bée.

— Mais... C'est une anecdote sans importance... Et puis tu risques de t'ennuyer. Les enquêtes policières aujourd'hui sont bien plus palpitantes et les assassins sont beaucoup plus... disons... machiavéliques.

— Allez G-Pa, raconte. Je t'expliquerai pourquoi... après.

— Ok, ok...

Je me calai dans mon fauteuil et commençai :

« Donc, malgré la pluie, le vent et un froid glacial, cette journée avait été merveilleuse. Ta grand-mère était magnifique dans sa robe blanche. Et le surlendemain, nous partions pour Paris en lune de miel. Mais il y eut un incident qui modifia ce planning : le meurtre de Jonathan Lempfig, un célèbre professeur à l'époque. Il a même failli avoir le Nobel de médecine. Un coup de téléphone nous réveilla à huit heures trente du matin, et je dus rappeler le 999 qui me passa mon directeur adjoint... »

Mais je vous ai déjà raconté ça, moi ! Je vieillis, j'oublie un peu... Je vais reprendre mon récit là où je l'ai laissé.

Je reviens donc à la date du 31 mai 1959, dans la soirée. Une voiture de police me déposa chez moi et c'est avec un grand plaisir que je retrouvai ma chère Noreen qui ne s'attendait pas à me voir aussi tôt. Il faisait bon dans notre petit appartement, ma femme était belle et une odeur agréable planait dans la cuisine. Quand j'entrai, Noreen se jeta à mon cou. Je me rappelle que nous échangeâmes un long baiser et Noreen m'entraîna dans le salon et éteignit la télévision où l'on diffusait cette série qui se passait dans un tribunal –je ne me rappelle plus son titre–. Assise sur le canapé à côté de moi, elle planta ses yeux dans les miens et dit :

— Tu es fatigué. As-tu mangé seulement ?

— Pas grand-chose. Je suis épuisé. Mais je me suis régalé. Lee m'a confié une affaire de meurtre assez compliquée. Il s'agit…

— Chut ! dit-elle. Ton enquête doit rester secrète. As-tu faim ?

— Viens avec moi, on sa se faire de quoi manger tous les deux.

Pendant la préparation du repas, je lui demandai en riant ce qu'elle pensait d'un meurtre perpétré par un squelette. Elle éclata de rire.

— Tu blagues ?

Je lui racontai, sans lui donner trop de détails, les événements de la journée. Elle convint que c'était intrigant mais ne chercha pas à en savoir d'avantage. Pour elle, il était important que je me vide l'esprit jusqu'au lendemain et me retrouve frais et dispos après une bonne nuit de sommeil.

Le lundi matin, après un solide breakfast, je pris le métro de bonne heure pour me présenter devant Michael Lee, de meilleure humeur que la veille. Le sergent Arthur Grieg m'attendait avec un volumineux paquet de papiers en main. Il m'accompagna dans le bureau de Lee.

— Alors, commença ce dernier après nous avoir brièvement salués, où en sommes-nous ?

Je lui fis un résumé complet des investigations et interrogatoires qui avaient été menés la veille. Je lui rapportai, en l'absence du rapport définitif, les conclusions verbales du docteur Brian Smith suite à l'autopsie. Le sergent Grieg exposa les résultats recueillis par l'équipe « scientifique » – amusant à cette époque ! – qui n'avait pas relevé d'anomalies pouvant être rattachées au crime. Même la barre métallique était vierge d'empreintes digitales.

Après un long silence, Michael Lee me regarda.

— Et la piste de l'amant ? dit-il.

Je passai sous silence ma piteuse prestation à ce sujet mais ne cachai pas qu'Emily Lempfig avait le titre d'avocate. Connaissant bien le fonctionnement de la police et de la justice, elle n'avait pas hésité à prendre des risques dans ses réponses pour étayer son innocence.

— Qu'allez-vous faire maintenant ?

— Aujourd'hui, nous allons voir le notaire de Jonathan Lempfig, nous intéresser à son compte en banque, à ses relations et à ses collègues de travail. Et puis, il y a le fils qu'il a eu d'un premier mariage. Il habite Cambridge. Mais nous le verrons ici aujourd'hui. Le sergent Grieg l'a contacté.

— Bien ! Messieurs, au boulot. J'espère que nous aurons avancé un peu ce soir.

*

Je me présentai chez le notaire de Jonathan Lempfig tard dans la matinée. En effet, ce dernier avait exigé un mandat pour répondre à mes questions et j'avais dû m'adresser à un juge pour en obtenir un. Maître Walker lut le document avec attention et avec un grand sourire me pria de m'asseoir.

— Monsieur Mackenzie, malgré le coup de téléphone de Madame Lempfig, j'ai tenu à avoir un mandat pour deux raisons. D'une part, il s'agit quand même d'un meurtre, d'autre part je suis détenteur depuis peu de nouvelles informations et je n'ai pas encore eu de contact avec le fils de la victime.

— De nouvelles informations ?

— Inattendues. Le professeur Lempfig a un fils d'un premier mariage, Edward, avec lequel il avait très peu de relations. Rupture due au mariage de Jonathan Lempfig avec sa femme actuelle. Il y a quelques jours, Jonathan Lempfig a changé les termes de son testament. Tous ses biens sont désormais réservés à son fils.

Cette nouvelle éclairait l'affaire d'un jour nouveau.

— Mais… Emily Lempfig est au courant ?

— Absolument pas, pas plus que son fils.

— Vous a-t-il donné des explications ?

— Aucune ! répondit le notaire en me montrant une feuille de papier. Il a écrit ce texte olographe en ma présence comme vous pouvez le voir le 21 mai.

— Vous savez que l'enquête fige l'exécution de ce testament. Je vous demande donc de ne pas informer les ayants droit de cette décision.

— Bien évidemment inspecteur. Si la justice en décide ainsi, le document pourra vous être remis comme pièce à conviction.

En sortant de chez le notaire, j'avisai une cabine téléphonique et appelai le Yard. Le sergent Grieg n'était pas revenu de sa visite au courtier qui avait monté le contrat d'assurance vie de Jonathan Lempfig. Je repris la voiture de police qui me conduisit à Victoria Embankment où je retrouvai Arthur Grieg qui venait d'arriver. Il était très excité par une nouvelle qui me décontenança. Quelques jours plus tôt, Jonathan Lempfig avait transféré le bénéfice de l'assurance vie à son fils qui, désormais, se trouvait à la tête d'une véritable fortune. Grieg avait fait le nécessaire pour en bloquer le paiement jusqu'à la fin de l'enquête. Le courtier lui avait aussi précisé que son client souhaitait que ni sa femme, ni son fils aient connaissance de cette modification.

Assis à la cantine du Yard, j'informai mon adjoint de ma visite chez le notaire.

— Nous allons devoir poser quelques questions à Emily Lempfig et au fils de la victime. Cette brusque décision étaie la théorie de Michael Lee sur la présence d'un amant. Lempfig découvre que sa femme en a un, il la déshérite en totalité et, malgré les relations tendues avec son fils… Madame l'apprend et, avec l'aide de cet amant, décide de le supprimer. Qu'en pensez-vous Grieg ?

— C'est une option tentante, Monsieur. À moins que…

— À quoi pensez-vous ?

— Madame Lempfig me paraît trop intelligente pour être tombée dans un piège aussi grossier.

Je regardai le sergent, intrigué par ce qu'il venait de dire.

— Rappelez-vous son interrogatoire hier. Elle est avocate et loin d'être folle… Si elle a appris fortuitement ces nouvelles dispositions, elle n'ignore pas que la police en aura connaissance. Et si elle tue son mari, elle devient la principale suspecte.

Le raisonnement de Grieg était juste.

— Nous devons absolument interroger Edward Lempfig. Même s'il ne sait rien de ce nouveau testament, il a peut-être quelques informations à nous fournir concernant les relations du couple. Vous l'avez convoqué pour cet après-midi ?

— Je le retrouve à la morgue, il veut voir son père. Après, nous reviendrons ensemble ici.

— Je vous attendrai. Je vais prendre contact avec la faculté de médecine pour un rendez-vous avec l'équipe de son laboratoire de recherche. Tous les renseignements que nous recueillerons permettront d'avancer. Hormis l'hypothèse de l'amant d'Emily Lempfig et de leur complicité à perpétrer le crime, nous n'avons rien pour l'instant permettant de prouver la culpabilité de notre principale suspecte.

Edward Lempfig ne ressemblait pas du tout à son père. Massif, de grande taille, il était franchement de type méditerranéen, avec un visage aux traits fins illuminé par de grands yeux marron et pétillants. Il se distinguait par son élégance et sa façon de s'exprimer. Après avoir entendu ses réponses aux questions d'usage concernant son identité, je lui demandai quelles relations il entretenait avec son père ? Après un long silence, il poussa un soupir puis exposa ses griefs.

— Mon père a toujours été un absent. Même quand j'étais petit. Les années passant, rien n'a changé et ma mère en souffrait beaucoup, mais il n'en avait cure. Sa réussite, sa notoriété, l'argent, les honneurs primaient avant tout. Oui, il était absent et indifférent à ce que je faisais. Heureusement, avec l'aide de ma mère et de mes grands-parents, j'ai fait de bonnes études et accédé à l'University College London[1] pour étudier la gestion d'entreprise. Ma mère est restée à Cambridge avec mon père. Moi, j'ai vécu dans la maison de mes grands-parents.

— Où était-ce ? demanda Grieg.

---

[1] Université prestigieuse de Londres.

— Là où vivait mon père avant de disparaître.

« Là où vit » Emily Lempfig, pensai-je.

— Mes relations avec lui, reprit Edward Lempfig, se sont vraiment dégradées lorsqu'il a divorcé d'avec ma mère pour épouser une femme beaucoup plus jeune que lui. Je suppose que vous l'avez rencontrée. Ma mère, épuisée par un cancer, s'est laissée mourir. J'ai alors pratiquement cessé toute relation avec lui, mais je ne sais même pas s'il s'en est aperçu.

— Quelles sont vos relations avec votre belle-mère ?

— Je n'en ai pas et je la connais mal. Je n'ai pas assisté au mariage. Mais ma mère m'a toujours dit qu'Emily Lempfig n'était pas blâmable. Mon père a toujours été un coureur de jupons. Et d'après ma mère, sa famille aurait tout fait pour qu'elle épouse mon père. Question de prestige.

— Vous habitez à Cambridge. Votre père y travaille…

— Ça ne change rien. Nous ne nous croisons jamais. La maison où je vis est celle de ma mère.

— Vous êtes célibataire. Une amie ?

— Non, pas pour l'instant.

— Où étiez-vous dans la nuit du 31 mai ?

— Chez moi.

— Seul ?

— Oui. J'ai passé une partie de la nuit à préparer un dossier d'investissement pour la société dont je suis directeur financier. J'ai remis mes conclusions ce matin à la direction.

J'examinai le visage d'Edward Lempfig. Il était impassible et la mort de son père ne semblait pas l'affecter.

— Avez-vous été contacté par le notaire de votre père pour régler la succession ? demanda Grieg.

— Non. Je suppose que c'est en suspens vu la situation.

— Votre père vous avait-il donné des détails à ce sujet ?

Edward Lempfig nous regarda tour à tour. Pour la première fois son visage passa de l'impassibilité à la surprise.

— Mais non, voyons ! finit-il par dire. De toute façon, je pense qu'il a pris ses dispositions pour tout transmettre à sa femme. Nos relations étaient telles que je ne m'attends à rien.

Grieg me jeta un rapide coup d'œil.

— Bien, Monsieur Lempfig, dis-je. Cet entretien est terminé. Nous vous informerons lorsque le corps de votre père pourra être inhumé.

Michael Lee nous convoqua immédiatement après le départ d'Edward Lempfig.

— Alors ? demanda-t-il.

— Cet interrogatoire ne nous permet pas de progresser vraiment, répondis-je. Lempfig fils n'a pratiquement aucune relation avec son père depuis que celui-ci s'est remarié après avoir abandonné sa première femme à un triste sort. Il ignore tout du dernier testament et pense que sa belle-mère va tout rafler.

— Rien de sa part concernant Emily Lempfig ?

— Rien, Monsieur. Il n'a même pas assisté au remariage de son père.

J'en profitai pour informer mon patron sur l'enfance d'Edward, les relations inexistantes entre le père et le fils, et la souffrance de ce dernier qui avait vu sa mère mourir, abandonnée pendant sa maladie.

— Tiens donc, qui l'eût cru ! s'exclama Michael Lee. Jonathan Lempfig, un salopard ! C'est un mobile ça.

— Si vous pensez à son fils, je doute qu'il ait attendu aussi longtemps pour se venger. Il est vrai qu'il n'a pas d'alibi, sinon un rapport qu'il a terminé dans la nuit de l'assassinat. Il l'aurait présenté au patron de la boîte dont il est directeur financier. Nous allons d'ailleurs le vérifier aujourd'hui même.

— Je pensais aussi à sa femme. Ce qu'il a fait subir à sa première femme et à son fils… Qui nous dit qu'Emily Lempfig n'en a pas subi autant ? À vérifier.

— Demain, nous allons à Cambridge. Son équipe répondra à nos questions. J'espère que nous en retirerons quelque chose.

— Faites vite. La Direction et les ministères commencent à s'agiter. Je vais devoir répondre à la presse qui s'impatiente. Soyez prudent. Pas de déclaration intempestive si vous tombez sur des journalistes. Il y en a qui sont très forts et la maison de la victime est assiégée.

CHAPITRE 10

Mardi 28 avril 1959

Il dormit d'un sommeil sans rêves que rien ne semblait pouvoir troubler.

Dans cette forme d'inconscience, Lempfig avait rompu avec tout. Rien n'avait rompu avec lui. Les moments ayant impressionné sa vie, évoluaient dans les recoins les plus cachés de son cerveau et le hantaient comme des fantômes. Pourtant, il ne voyait rien, n'entendait rien, ne ressentait rien. Le vide complet.

Lorsqu'il se réveilla, Jonathan savait, dans les moindres détails ce qu'il y avait lieu de faire. Des actions toutes tracées, des éprouvettes à manipuler, des formules à appliquer. Il pensait qu'il était l'auteur de tout ce qui se préparait. Avait-il raison de le croire ? Le véritable auteur de ses actes, qui agissait mystérieusement, sans lui demander son avis, n'était ce pas plutôt ce magicien contre lequel il ne pourrait plus jamais lutter ? Dès que l'angoisse pesait sur les épaules de Jonathan, l'inquiétante silhouette phosphorescente de Pop infestait le regard dilaté du médecin.

Il ne pouvait plus reculer.

On frappa à la porte. Mary informa Jonathan que l'inspecteur Wesley, de la police du Hampshire, attendait dans le salon. Un frisson parcourut son échine. Le policier n'était pas venu chez lui, à Londres, sans raison. Pourtant, Jonathan n'aurait pas dû avoir peur. Il n'était pas coupable. Il avait voulu se débarrasser de cet imbécile qui avait osé le cocufier. Il avait fait en sorte que cette vengeance ressemblât à un accident. Et il avait échoué !

Lempfig avait honte de sa faiblesse. Jusqu'au dernier moment, il avait résisté à Pop, avant de s'attaquer au sabotage de la ceinture de sauvetage du « Pleshey ». Quelque chose en lui disait encore de ne pas mettre le doigt dans l'engrenage car, une fois lancée, la machine l'entraînerait toujours plus loin.

Après un premier crime, encore un autre crime.

La mort de Pleshey signerait son propre arrêt. Et, bien que son instinct l'empêchât de mettre le doigt dans l'infernale machination, bien que la raison lui ordonnât de ne pas tuer, Pop intriguait et brisait la pauvre volonté de Jonathan. Il s'accrochait à chaque faille, piétinait les scrupules vains, et renversait les vieux préjugés. « Tu ne tueras point » fut balayé.

Mais le hasard… Ses plans avaient été dérangés car le « Pleshey » s'était noyé. Certes, pas comme prévu. Mais pourquoi cet inspecteur Wesley venait-il lui poser des questions à ce sujet alors que le coroner et les gardes-côtes avaient retenu la thèse de l'accident ? Avait-on découvert depuis qu'il avait eu l'intention de le tuer ? Toutes les précautions avaient été prises. Aucune trace, aucune empreinte, rien, absolument rien, n'avait été laissé au hasard. D'ailleurs, il n'avait fait aucune erreur dans la préparation. Et Pop l'avait assisté virtuellement pendant tout le temps nécessaire à cette préparation. Il n'avait rien oublié, négligé aucun détail. Docteur Pop lui avait dicté presque minute par minute chacun de ses gestes et Lempfig avait trop confiance en Pop pour douter de la bonne marche de son entreprise. De plus, même si Wesley réussissait à établir que Lempfig avait eu l'intention d'attenter à la vie de Pleshey, la justice ne condamnait pas les intentions.

La tempête soufflait, plus fort que les jours précédents. Dans les eaux habituellement calmes du Solent, de longues déferlantes secouaient les coques et faisaient sonner le bois et le fer.

Jonathan, le regard fixe, les mains crispées sur la barre, dodelinait de la tête. La régate était finie, les bateaux regagnaient le port. Une déception terrible lui nouait le ventre. Aucun de ses petits sabotages n'avait marché. Rien de ce qu'il avait projeté ne s'était produit, le « Pleshey » était toujours là, bel et bien portant.

Lempfig, dépité, faillit lâcher la barre. Il ne pensait plus à rien, il ne voulait plus penser. Il serrait les dents. Tout était fini. Il n'y avait plus aucune chance de réussite, le temps se calmerait dans la nuit. Ce que Pop avait imaginé avait été vain. Il n'avait pas été jusqu'au bout des choses, écouté Pop jusqu'au bout. Lorsque Pop n'était pas là, il était un « zéro », un raté.

Le meurtre imaginé par Pop était théoriquement parfait. Mais lorsque l'œil du maître ne fixait pas Jonathan, celui-ci n'était plus à la hauteur.

Lempfig se souvenait des pensées qui traversaient son cerveau alors que le « Njörd » n'était plus qu'à trois milles du port.

C'est alors que l'accident se produisit. Accaparé par ses pensées, distrait, Jonathan ne vit pas cette vague énorme arrivant par l'arrière.

On avait patrouillé jusqu'à la nuit. Le lendemain, un hélicoptère venu de Southampton avait même survolé la mer pendant des heures. Pleshey était perdu corps et biens.

Alors, pourquoi l'inspecteur Wesley venait-il enquêter sur la mort du disparu ? Avait-on parlé ? Trop parlé ? Les mauvaises langues avaient-elles fait leurs ravages puisque certains connaissaient sans doute les relations intimes de l'employé de banque et d'Emily ? La famille du « Pleshey » sans doute.

La peur s'empara de Jonathan. C'était ça ! Sa famille était au courant ! Saurait-il s'enfoncer un peu plus dans le mensonge ? Saurait-il répondre aux questions du policier, que dirait-il quand Wesley lui demanderait s'il savait que sa femme et Henry Pleshey… ? Il préférait ne pas y penser. Lorsqu'il se retourna pour gagner le salon, il vit Pop ! Il était incapable d'affronter la police. Mais son mentor était là. Seulement, Pop avait un défaut, celui de ne pouvoir parler. Jonathan fut contraint de trouver une solution. Il fallait donc que, tout en ayant l'impression de lui parler, Wesley s'adressât en réalité au squelette, dont Jonathan serait l'interprète. Un trait de génie, traversa l'esprit de Lempfig. Pris de frénésie, il se rua sur Pop et le plaça légèrement en retrait à gauche de son fauteuil. Pop était magnifique et brillait faiblement à la lumière du jour qui filtrait par les rideaux.

Mary, à la demande de Lempfig, introduisit dans le bureau l'inspecteur Wesley et le sergent qui l'accompagnait. Jonathan les fit asseoir face à lui, dans les fauteuils bas qu'il avait disposés de telle sorte que les deux policiers étaient dominés par Lempfig et par Pop.

Wesley était le genre d'homme que rien ne semblait pouvoir impressionner. Il avait enquêté sur des dizaines d'affaires sordides, il avait vu des lieux, des hommes, des circonstances et parfois des cadavres que le meilleur des films d'horreur n'aurait jamais pu égaler. Il ne fut pas dupe de la manœuvre de son interlocuteur et remarqua immédiatement que le squelette n'était certainement pas à sa place habituelle. Il était trop près du fauteuil roulant occupé par le professeur qui risquait de le heurter en reculant. Qu'avait-il donc à cacher pour chercher aussi maladroitement à l'influencer ?

Lempfig, un sourire chagrin aux lèvres, s'assit en soupirant. Il ne savait pas s'il avait impressionné l'inspecteur. L'impassibilité de ce dernier ne lui permit pas de répondre à cette question. Cependant il remarqua rapidement que son stratagème n'avait impressionné que le sergent. Docteur Pop faisait son effet, mais pas sur la bonne personne.

« Loupé ! » pensa Lempfig qui perdit une partie de ses moyens.

— Quelle est la raison de votre visite, inspecteur ?

— J'ai besoin de quelques réponses concernant l'accident de Henry Pleshey sur votre bateau la semaine dernière.

Jonathan fut surpris. En effet, il ne faisait aucun doute que cette mort fût accidentelle.

— Je vous écoute, murmura-t-il d'une voix mal assurée.

— Le cadavre de Henry Pleshey a été retrouvé…

— Où ? s'écria Lempfig.

Il crut entendre Pop grogner.

Wesley renseigna son interlocuteur. Il n'était pas là pour enquêter sur la mort de Pleshey qui s'était bien noyé. Mais… Wesley resta silencieux pendant un bon moment, ce qui eut pour effet d'angoisser Jonathan. Le coroner voulait savoir pourquoi la cartouche de gaz était vide et n'avait pu gonfler la ceinture de sauvetage de la victime.

Jonathan eut l'impression d'étouffer. Qu'allait-il répondre ? Il dit en bafouillant qu'il était surpris par cette information… Heureusement Pop vint à son aide.

— Je ne comprends pas, reprit-il d'une voix assurée, pourquoi vous vous êtes déplacés. Que vous dire ? Chaque membre de l'équipage a sa propre ceinture et est chargé de l'entretenir. C'est le même système sur tous les bateaux en compétition Chacune est d'ailleurs marquée au nom de son propriétaire et à ses mesures. En effet, elles ne doivent pas gêner les mouvements surtout lorsqu'elles sont capelées sous les cirés par mauvais temps. Henry Pleshey avait sa propre ceinture et se chargeait de son entretien.

— Où étaient-elles stockées pendant la nuit précédant la régate ?

Jonathan crut entendre une sorte de petit ricanement.

— Elles sont restées à bord, répondit Lempfig, comme d'habitude.

— Personne n'a passé la nuit dans votre bateau ?

— Si, Harvey, qui s'occupe toujours de maintenir le « Njörd » en état de marche. Les autres ont dormi au club ou à l'hôtel.

— Nous l'avons interrogé. Il dormait à l'avant. Il nous a précisé que les ceintures étaient entreposées dans le « carré ». Pensez-vous que quelqu'un aurait pu s'y introduire à son insu et saboter la cartouche ?

Lempfig se détendit. Il avait la bonne réponse.

— À vrai dire, Harvey a un problème. Il prend souvent des somnifères.

— Il nous en a parlé.

— Quelqu'un aurait pu s'introduire dans le bateau en milieu de nuit et saboter la ceinture. Mais pourquoi, dans quel but ? Et pourquoi Henry Pleshey ? Pourquoi pas les autres ou moi ? C'est ridicule !

— Nous avons pris contact avec d'autres membres de votre équipage. Leurs ceintures seront examinées.

Wesley se leva.

— Merci d'avoir répondu à nos questions, Monsieur. Nous vous tiendrons informé de nos investigations.

Lempfig appela Mary qui raccompagna les visiteurs. Lorsque Jonathan entendit la porte en bas se refermer, il regarda Pop, soupira et murmura :

— Bravo Pop, sans vous je n'aurais pas pensé à tout ça.

Une fois dans la rue, Wesley regarda la façade imposante de la maison et dit au sergent :

— Pas mal le coup du squelette, vous n'avez pas dit un mot. Il ment ! J'en suis sûr mais je ne puis le prouver. Pour l'instant… ajouta-t-il.

*

CHAPITRE 11

Mardi 2 juin 1959

Le docteur Lawrence Hill nous fit asseoir. Il s'affala dans son propre fauteuil en expirant bruyamment. Hill était le bras droit de Lempfig. Petit et rondouillard, chauve, sans doute myope comme une taupe si l'on s'en tenait à l'épaisseur de ses verres de lunettes, mal habillé, il était le contraire de son ex-patron.

— Messieurs, je suppose que vous avez de nombreuses questions à me poser. J'ai demandé à l'équipe qui travaillait avec le Professeur Lempfig de répondre à toutes les questions des constables qui vous accompagnent. Moi, je vous écoute.

— Merci de votre accueil, Docteur. Je pense que la mort du Professeur Lempfig est un rude coup porté à cette équipe, j'en suis vraiment désolé. D'abord, que vont devenir les recherches que vous meniez ?

Lawrence Hill hocha la tête un bon moment avant de nous répondre.

— Vraiment je n'en sais rien. Vous savez, les études que nous menions étaient contestées par les milieux médical et politique, surtout politique.

Il réfléchit un long moment avant de reprendre :

— Vous savez, la contraception est un domaine difficile actuellement dans nos sociétés. Les procédés sont souvent traumatisants pour les hommes qui globalement ne les aiment pas et les astreignent à une abstinence régulière. Dans l'inconscient collectif, faire l'amour sans arrière-pensée au prix d'une pilule serait l'idéal… à condition que ce soit la femme qui la prenne. Le professeur Lempfig a pris une autre voie : la pilule masculine. S'il n'avait pas été envisagé un moment de lui attribuer le prix Nobel de médecine, jamais nous n'aurions obtenu les fonds pour mener ces études. Vous ne pouvez pas imaginer les obstacles que le professeur a rencontrés.

— Mais, ces obstacles, sans doute politiques, étaient toujours d'actualité ? demanda le sergent Grieg.

— Malheureusement toujours, répondit notre interlocuteur. Pour la plupart des hommes, prendre une pilule contraceptive serait une atteinte à leur virilité. Je ne me fais guère d'illusions : nos subsides vont être coupés et nous n'aurons plus les moyens de poursuivre.

— Si je comprends bien, dis-je, le professeur Lempfig avait de nombreux opposants ?

— Voire ennemis, souvent inconnus et agissant dans l'ombre, ajouta Hill.

Je découvrais que le problème devenait beaucoup plus complexe que nous l'avions imaginé au début.

— Avez-vous des noms ?

— Vous voulez des noms connus de la haute finance, des députés, des Lords, voire plus haut ?

— À ce point ? s'exclama Grieg.

Je repris l'interrogatoire sous un angle différent.

— Docteur, avez-vous remarqué des changements dans l'attitude ou l'humeur du Professeur Lempfig depuis quelques temps ?

Lawrence Hill s'agita sur son fauteuil. Visiblement, ma question le gênait. Il réfléchit un long moment avant de me répondre, à contrecœur me sembla-t-il.

— Oui… depuis quelques temps… mes collègues et moi… les étudiants aussi. Un changement… c'est ça, un changement !

Hill s'abîma dans des pensées dont il semblait ne pas vouloir sortir. Je dus relancer la conversation.

— Ce changement… tout le monde l'a remarqué ?

— Je pense avoir été le premier. Nous passions beaucoup de temps ensemble. Une sorte de tristesse doublée d'une irritabilité… parfois inexplicable. Il nous regardait d'une autre façon. Les collègues et les étudiants m'en ont fait part. Ils pensaient que je savais pourquoi.

— À partir de quand ce changement ? demanda Grieg.

— Bah… en début d'année, peut-être en février. Et avec le temps, ça ne s'est pas arrangé. Et puis, il y a eu des absences, il passait de moins en moins de temps ici. Il se justifiait en disant qu'il travaillait chez lui. C'était surprenant, tout ce qui était nécessaire à ses recherches était ici. Et puis, il s'est mis à venir quand il n'y avait plus personne. Un matin, je l'ai trouvé endormi dans son bureau, de l'autre coté du couloir. Il est parti et on ne l'a revu que deux jours plus tard. Il est devenu méfiant, fermant bureau et tiroirs à clé. Le concierge m'a dit que la lumière dans le laboratoire était parfois allumée dans la nuit. Il était là et repartait à des heures indues. En bref, nous nous posions tous des questions car nos études prenaient du retard. Poussé par mes collègues, j'avais l'intention d'aborder le problème avec lui. J'aurais dû le faire plus tôt. Mais je crois que personne ne sait pourquoi…

Hill se tut et nous regarda tout à tour.

— Ce que je vous ai dit vous a aidé ?

Je hochai la tête.

— Oui, Docteur, et nous vous remercions d'avoir pris le temps de nous recevoir. Si d'autres détails importants vous reviennent, n'hésitez pas à me contacter, ajoutai-je.

La réunion avec les autres enquêteurs qui se tint au Yard après notre retour conforta les déclarations du Docteur Hill. Hormis l'hostilité des financiers, des politiques, des autorités ecclésiastiques et des laboratoires pharmaceutiques contre ce genre de contraception, ceux qui travaillaient avec Lempfig avaient bien remarqué le changement du « patron ».

Le rapport que je fis à Michael Lee rendit ce dernier très perplexe.

— Donc, le professeur Lempfig avait de nombreux... disons « opposants ». Jusqu'où étaient-ils prêts à aller pour que son projet échouât ? Si nous suivons cette direction, nous allons au devant de gros problèmes. « On » ne nous laissera pas faire. Maintenant, ce changement dont il est question : ou bien il est lié justement à cette opposition, voire à des menaces –et Dieu sait si les politiques et les pleins de fric sont capables d'en faire–, ou bien il s'agit d'un problème personnel. Découvrir que sa femme a un amant par exemple. Désolé, je me répète mais...

— Mais Monsieur, comment le savoir ? Il est impossible d'enquêter... Je ne me vois pas interroger Emily Lempfig à ce sujet. C'est à nous d'apporter la preuve que cet amant existe bien. Et même Edward Lempfig, qui aurait bien des raisons de se plaindre de sa belle-mère, a été incapable de nous dire quoi que ce soit contre elle. Il ignore même les nouvelles dispositions de son père à son avantage.

— Revoyez Madame Lempfig et demandez-lui ce qu'elle pense de ce que l'on vous a dit à la fac de médecine. Et surtout, surveillez bien ses réactions.

Je décidai de rendre visite à la veuve le lendemain matin. Mais Michael Lee reçut dans la soirée un coup de téléphone qui changea le cours des choses.

CHAPITRE 12

Samedi 30 mai 1959

La lumière était tamisée dans le laboratoire de la fac et le silence régnait à cette heure tardive. Le concierge était venu saluer Jonathan et lui avait demandé s'il comptait rester tard. Il avait répondu qu'il en avait pour un certain temps.

Un bec Bunsen chauffait dans un coin, lançant sa longue flamme bleue sur le fond calciné d'une casserole émaillée. Des cornues, des éprouvettes, des tubes à catalyseurs reflétaient des rouges tamisés et des verts glauques.

Lempfig éteignit le bec, approcha la casserole d'une tasse contenant une boule métallique remplie de thé et y versa l'eau bouillante. Il remua lentement avec sa cuillère les trois morceaux de sucre collés au fond. Bien dissoudre ces trois morceaux, jusqu'à disparition compète des cristaux dans le liquide couleur de nuit.

Le poison imprégnerait les morceaux sans qu'il y ait saturation. Il préparait son suicide sous la houlette de Pop qui avait fini par le convaincre.

Lempfig avait déjà tout choisi. Le ballon, qu'il avait sélectionné, parmi d'autres, pour son verre qui reluisait si bien à la flamme du bec Bunsen. Pop avait été clair. Son suicide était un acte quasi religieux. La fabrication du poison était donc la liturgie qui devait se terminer en apothéose. Tout, objets et gestes y compris, devait revêtir un caractère sacré. Et Jonathan était d'accord avec Pop. Cette longue procédure devait être l'enfer d'Emily. Il avait lavé ce ballon plusieurs fois dans de l'eau distillée, les mains gainées de gants en caoutchouc neufs. Puis, il était passé à la phase de polissage. Armé d'un chiffon de flanelle douce, propre, il avait promené sa main sur les flancs rebondis du bocal, passant et repassant mille fois aux mêmes endroits. Enfin, il l'avait enfermé dans une petite armoire, préalablement dépoussiérée, dont il était le seul à avoir la clé. Le condensateur avait subi le même sort, la petite bouteille, les mêmes soins. Dans l'armoire vitrée, le récipient trônait, contenant un liquide incolore dont l'odeur d'amande amère saturait l'air lorsque Jonathan en ôtait le bouchon. Combien de fois avait-il répété cette scène.

Lempfig bailla. Il était fatigué. Ce soir était le dernier. Pop, qui lui avait imposé cette date pour prendre le temps de peaufiner sa vengeance, le lui avait bien fait comprendre. Il lui fallait se venger non seulement d'Emily qui avait traîné son honneur dans la boue, mais aussi de tous ceux qui depuis des mois se moquaient de son infortune. Les chuchotements dans son dos, les regards en coin, les sourires hypocrites… Personne n'avait eu le cran de le regarder droit dans les yeux pour lui apprendre… Oh, pas pour le plaindre ! Non, seulement pour lui dire son indignation.

Le moment de la dernière manipulation était venu. Il enfila une paire de gants en latex et ouvrit l'armoire. Le visage protégé par un masque, il prit à deux mains le ballon contenant le liquide et, d'un geste solennel, le déposa sur la paillasse. Il le regarda un long moment avant de retourner à l'armoire pour s'emparer de la petite bouteille. C'est avec grand soin et une lenteur calculée qu'il versa le liquide incolore dans le flacon…

Après le souper, tard dans la soirée, Mister Hyde apporterait à son maître le petit paquet enveloppant le sucre pour le thé qu'il prenait dans son bureau.

CHAPITRE 13

Lundi 25 janvier 2016

— G-Pa ! G-Pa ! Il est tard et je te vois piquer du nez ! On arrête, il faut te reposer ! Hello ! On est revenu en 2016 !

Murdoch a raison. La journée a été longue. Emporté par cette histoire, je n'ai pas senti la fatigue me tomber dessus.

— Ça t'a intéressé ?

— Oh oui ! J'ai pris au moins dix pages de notes, dit-il en refermant son carnet.

— Mais... que vas-tu faire de ce fatras ?

— Ne t'inquiète pas ! Bon, j'appelle un taxi et je rentre. Moi aussi j'ai envie de dormir.

— Quand se revoit-on ?

— Bientôt, G-Pa ! Je te téléphonerai. Mais je ne peux rien te promettre car j'ai un planning très chargé. « Nature », BBC, etc...

— Quand ils vont voir tout ça, tes parents changeront leur jugement. Tu cesseras d'être le vilain petit canard.

— C'est papa qui est un canard, il s'appelle Donald ! dit Murdoch en ricanant.

— Voyons ! Ne dis pas ça, s'il te plaît ! Donald est un prénom écossais, comme le tien et comme le mien.

— OK, G-Pa ! Excuse-moi, je suis nul sur ce coup. Mais quoi qu'ils pensent, je m'en fous !

Sa réflexion me fit mal. Il s'en rendit compte, s'approcha et m'étreignit.

— T'inquiète, G-Pa ! Ça passera un jour. Mais ce n'est pas à moi de faire le premier pas.

Il alla jeter un coup d'œil à la fenêtre.

— Mon taxi est là ! Allez bonsoir, G-Pa et repose-toi. Je te recontacte.

Il sortit en coup de vent. Je le vis s'engouffrer dans la voiture qui démarra en trombe.

« Encore un fou du volant », pensai-je.

J'avais passé une vraie bonne journée. Décidément, cet enfant était attachant. Noreen et moi ne nous étions pas trompés sur son compte. Dommage, nous ne l'avions pas assez défendu. Mais Donald ne voyait que par la réussite scolaire et les diplômes. Ah, les diplômes !

Je haussai les épaules. J'avais été comme ça moi aussi.

Il était tard. J'allai me coucher et m'endormis immédiatement.

*

Ma vie de veuf s'organisait peu à peu. Je compris vite que mes visites journalières au cimetière ne m'apportaient rien de plus. Noreen était présente à mon esprit et chaque recoin de notre logement me la rappelait plus que la façade sévère du caveau de famille qui abritait son cercueil. Il est plus plaisant de parler à une photographie qu'à une pierre tombale. De toute façon, le résultat est le même, les morts n'ont pas d'oreilles et le chagrin se doit d'être discret.

J'ai donc profité de trois jours de liberté pour lire, aller au cinéma et renouer quelques relations avec des membres du Club que je n'avais pas vus depuis longtemps. Quant à Murdoch, impossible de savoir ce qu'il avait en tête et ce qu'il avait l'intention de faire de ses dix pages de notes.

Il me rendit visite le vendredi en fin d'après-midi. Il ne m'avait pas prévenu, mais quel plaisir de le voir !

— Alors G-Pa ? Pas trop pénibles ces trois jours ?

— Ne t'inquiète pas, je vais bien. Et je suis ravi que tu sois passé. D'ailleurs, il se fait tard et je désespérais de ton coup de fil. Tu veux un whisky ?

— Non, merci G-Pa. Je ne resterai pas longtemps.

Il s'installa dans le fauteuil qu'il occupait lundi et sortit son gros carnet de sa poche.

— Tu sais, G-Pa, j'ai relu mes notes avec beaucoup d'attention. Et j'ai une question à te poser.

Son intérêt pour ma première vraie enquête était surprenant. Je le dévisageai un long moment. Où donc voulait-il en venir ?

— Que se serait-il passé si, jeune détective, tu avais dû résoudre cette énigme aujourd'hui ? Je ne peux m'empêcher d'en rire.

— Mais, c'est à ton père qu'il faut poser cette question, mon garçon !

— Tu lui en as parlé ?

— Non, je ne lui en ai jamais parlé. Mes débuts dans la police, c'est mon jardin secret. Et puis, Donald a un jugement si négatif sur la police de cette époque... Néanmoins, je vais essayer de te répondre. Mais tu sais, j'ai quitté le Yard depuis pas mal d'années et les choses ont bien changé. D'ailleurs, aujourd'hui, l'assassin ne s'y serait certainement pas pris de la même façon. Déjà, aurions-nous trouvé Lempfig « tué » par son squelette ? J'en doute.

— Et pourquoi ?

— D'une part parce qu'il y a des caméras partout, en particulier dans les beaux quartiers. On aurait rapidement retrouvé les déplacements de Jonathan Lempfig et éventuellement ceux de son meurtrier. D'autre part, l'assassin n'aurait pas pris le temps d'organiser cette macabre mise en scène où se sont certainement multipliées des traces, identifiables par la police scientifique de nos jours.

— C'était plus difficile ?

— Je dirais « différent ». Une enquête aujourd'hui jouit de moyens que nous n'avions pas à l'époque. Les caméras, dans certains cas à reconnaissance faciale, la triangulation téléphonique, l'ADN…il y a même des machines « renifleuses » capables de reconnaître et d'analyser des odeurs.

— C'est donc nettement plus simple...

— Ne crois pas ça, Murdoch ! Les meurtriers ont évolué en même temps que... Ah ! Tu prends encore des notes ? Mais que veux-tu en faire ?

— Ne t'inquiète pas, G-Pa, surtout ne t'inquiète pas. C'est par pure curiosité et je trouve que... parler de cette époque... Ça te fait du bien.

Je souris. Décidément, ce garçon était... merveilleux, tout bonnement merveilleux.

— Que disais-tu donc ?

— Oui. Les meurtriers ont eux aussi évolué avec les méthodes policières. Tu sais, ils regardent « Les Experts ».

Murdoch éclata de rire.

— Dans les années soixante, nous n'avions ni ordinateurs, ni caméras, ni reconnaissance faciale. Ne parlons pas de l'ADN.

Murdoch se leva.

— Merci, G-Pa. On peut déjeuner ensemble lundi ?

— Volontiers. Mais... Tu pars déjà ? Comment vont tes affaires ? Tu ne m'as rien dit...

— Tout va très bien, G-Pa. Je te raconterai... Et je pense avoir une surprise pour toi demain.

Mon petit fils m'embrassa et sortit comme il était venu : en coup de vent.

*

Samedi 30 janvier 2016

Le lendemain matin, j'étais dans le même état d'excitation que quelques jours auparavant. Ce doit être l'âge. Je retombe en enfance. Je me conduis comme le gosse qui trépigne en attendant l'arrivée de son meilleur copain.

Murdoch arriva vers midi et nous nous rendîmes dans un restaurant italien qui avait ouvert ses portes dans le quartier depuis peu. Cela me permit d'en savoir un peu plus sur les affaires de Murdoch. Tout était réglé avec « Nature ». Quelques concessions à faire et ses articles paraîtraient dans deux mois. Quant à son livre, c'était un peu plus compliqué. L'éditeur voulait absolument faire une édition de luxe, car toute la partie « photos » réalisée par Cate, son amie, ne méritait pas moins. Le texte devait être remanié pour souligner la beauté des paysages, des hommes et des bêtes magnifiés par l'objectif de cette jeune femme que je ne connaissais qu'à travers les descriptions de Murdoch.

Une fois le repas terminé, nous revînmes chez moi pour la suite de mon récit. Whisky en main, je me préparai à le reprendre là où je l'avais laissé quelques jours auparavant. À ma grande surprise, Murdoch ne sortit pas son carnet de sa poche

— Où en étions-nous ? dis-je.

Sans avoir besoin de consulter ses notes, il répondit :

— Au coup de téléphone de Lee qui a changé certaines choses.

Le galopin avait tout retenu ! Ça lui plaisait donc tant que ça, ma petite histoire ! Je rassemblai mes souvenirs et allais reprendre mon récit. Il m'arrêta d'un geste.

— Excuse-moi G-Pa. Mais d'abord, j'ai quelque chose à faire.

Il se leva et ajouta, devant mon air désappointé :

— Et ça te concerne ! Tu dois venir avec moi. C'est la surprise dont je t'ai parlé, tu te souviens ?

Je restai bouche bée mais n'eus pas le temps de réfléchir bien longtemps. Murdoch revint de l'entrée et me tendit mon pardessus qu'il m'aida à enfiler.

— Mais... mais... où va-t-on ?

— Ne t'inquiète pas, G-Pa, tu vas voir, c'est une bonne surprise.

Il me poussa dehors et referma derrière nous.

Un taxi nous attendait dans la rue. Je n'entendis pas l'adresse qu'il donna au chauffeur. Pendant le trajet qui dura une bonne heure, il me posa un certain nombre de questions pour compléter les notes qu'il avait prises. Lorsqu'il eut terminé et refermé son gros carnet, je constatai que nous venions d'arriver à l'aéroport de Heathrow.

— Mais enfin, que vient-on faire ici ?

— C'est la surprise G-Pa ! Allez, viens ! Il nous reste dix minutes.

Nous eûmes juste le temps, en nous frayant un passage dans la foule, d'atteindre les « Arrivées ».

— Nous sommes à l'heure, ça ne va pas tarder.

— Mais enfin, qu'est-ce qui ne va pas tarder, Murdoch ? Dis-moi ou je me fâche !

— La personne que nous sommes venus accueillir, G-Pa ! Tiens ! Elle arrive.

Je la reconnus immédiatement. Grande, blonde, très « classe » malgré les vêtements de voyage qu'elle portait, elle était conforme à sa photo. Cate, tout sourire, vint vers nous. Murdoch la prit dans ses bras, l'embrassa et la conduisit jusqu'à moi.

— G-Pa, je te présente Cate Abbott, ma fiancée !

Qu'il était fier mon Murdoch ! Et il avait raison de l'être ! Cate était une grande jeune femme au visage fin, je dirais même franchement beau, illuminé par des yeux pétillants, bleus comme le ciel. Sa longue chevelure toute bouclée tombait en cascade sur ses épaules.

— Je peux ? dit-elle.

Et elle m'embrassa sur la joue.

J'étais en extase. Je restai muet quelques secondes puis je me repris.

— Quelle surprise, Cate ! Ce galopin m'a caché votre arrivée jusqu'à maintenant. Pour une surprise... Au fait, appelez-moi G-Pa si vous le souhaitez. Ça me fera très plaisir.

Son rire cristallin résonna agréablement à mes oreilles.

— Tu as fait bon voyage ? lui demanda Murdoch.

Je découvrais un petit fils que je ne connaissais pas encore : Murdoch amoureux. Noreen aurait aimé voir ça.

— C'est long et fatiguant, répondit-elle. Même l'escale ne permet pas de se détendre. Heureusement, j'ai réussi à dormir un peu.

— Cate, vous avez faim ? Il y a des restaurants acceptables ici.

Elle rit franchement.

— Ne vous inquiétez pas G-Pa, on mange tout le temps dans l'avion...

Je remarquai que son accent australien n'était pas trop prononcé sans doute grâce aux quatre années d'études qu'elle avait passées ici. Et puis, peut-être aussi l'influence de Murdoch qui, lui, n'avait pas pris l'accent de Sydney.

— C'est une vraie surprise ! Je ne m'attendais pas à vous voir avant plusieurs mois.

— Ce n'était pas prévu, répondit-elle. C'est pour vous que je suis venue.

— Pour moi ! m'exclamai-je.

— On va t'expliquer, G-Pa, dit Murdoch. Je propose qu'on aille à Soho dans un petit restaurant que je connais et on en parlera tous les trois.

Il prit la petite valise de Cate et nous entraîna vers les taxis.

À peine la portière refermée, je me tournai vers Cate.

— Expliquez-vous Cate, qu'avez-vous voulu dire ?

— Tu peux la tutoyer, G-Pa. Un jour elle sera ta petite fille.

— À condition qu'elle en fasse autant.

Cate me regarda avec un grand sourire.

— OK, G-Pa, dit-elle. Murdoch t'a dit que j'étais peintre et photographe d'art. En fait, ce n'est pas tout. Je suis connue là-bas aussi comme illustratrice de BD. Et... Bon, tu continues, Chéri ?

— D'accord. G-Pa, ces années que tu as passées comme flic débutant d'abord, puis ton ascension vers les sommets... Ça pourrait faire l'objet d'une BD policière rétro en Australie. Et tous les trois, nous pourrions travailler ensemble...

Le silence retomba, juste troublé par le bruit du moteur et les bruits de la circulation ambiante.

J'étais abasourdi par ce que ces deux jeunes gens avaient concocté.

Mais... Après tout... Pourquoi pas ? J'avais un plein sac d'histoires et d'anecdotes à raconter, celle qui était en cours, le meurtre de Ben Bow, l'assassinat du Lord et tant d'autres. Et nous étions à une époque où, peu à peu, grâce aux Comics et aux Mangas, la bande dessinée prenait le pas sur la littérature.

— Alors, G-Pa ?

Je discernai une légère angoisse dans la voix de Cate. Je la pris dans mes bras et posai un baiser sur son front.

— Yeah ! s'écria Murdoch.

— C'est d'accord. Mais c'est notre secret !

— Bien sûr ! répondit mon petit-fils en écho.

Pourquoi avais-je accepté aussi vite, sans réfléchir ? Pourquoi étais-je heureux comme un gamin à qui l'on vient d'offrir un jouet ? À quatre-vingt-six ans, j'avais un but, un projet et c'est Murdoch et Cate qui venaient de me l'offrir. J'allais servir à quelque chose. Après le coup du sort qui m'avait enlevé ma femme, j'allais revivre.

— Mais, pensez-vous qu'un polar rétro, en BD qui plus est, puisse intéresser le public ?

— Tu sais, G-Pa, en France par exemple, une série de polars dont l'action se situe au temps de Louis XVI a fait un tabac et l'objet d'un feuilleton à la télé.

— Ne t'inquiète pas, G-Pa, je peux t'assurer qu'en Australie, ça marchera.

J'étais aux anges.

Pendant que nous dégustions nos pizzas dans le restaurant italien où Murdoch paraissait avoir ses habitudes, Cate me montra les croquis qu'elle avait déjà réalisés dans l'avion en s'inspirant des notes que Murdoch lui avait communiquées. Je ne connaissais rien au dessin, mais je dois reconnaître que ses esquisses m'impressionnèrent beaucoup. Les personnages d'abord. Je fus conquis par le mien, assez fidèle à ce que j'étais alors. Elle ne m'avait pas « esquinté ». Les autres n'étaient pas mal non plus.

— G-Pa, je n'ai pas encore croqué les femmes importantes de l'enquête : Noreen, la victime et sa femme. Je ne connais pas encore le déroulement des évènements. Avec Murdoch, nous allons passer le temps qu'il faudra avec toi. Nous avons besoin de connaître TOUTE –elle insista sur le mot– l'histoire.

— Mais je suis prêt. Quand commençons-nous ?

Mes deux jeunes amoureux se regardèrent en souriant. Murdoch prit la parole.

— Nous ne voulons pas que ce soit éprouvant pour toi, G-Pa. Ce soir, Cate et moi avons besoin de nous retrouver et tu dois te reposer. Cette journée a été forte en émotions.

— Mais... vous allez résider où ? Pourquoi ne pas vous installer chez moi, ce serait plus pratique ?

Je compris immédiatement l'ineptie de ma proposition. Si nous voulions que notre… « entreprise » restât discrète, il n'en était pas question. Moira, Donald ou leurs enfants pouvaient passer à l'improviste...

— J'ai peut-être une solution pour que vous vous sentiez à l'aise et... cela nous faciliterait les choses. J'ai des amis qui ont un bel appartement à « James Close ». Ils passent plusieurs mois sur la Côte d'Azur en France. Je leur téléphonerai demain pour voir si vous pouvez vous y installer quelques temps.

— Mais, ne te casse pas la tête, G-Pa...

— Vous verrez, si ça peut se faire, vous serez bien installés et ce sera plus pratique pour nous trois.

Murdoch appela un taxi après avoir payé la note. Quelques minutes plus tard, j'étais chez moi. Cate devait me rendre visite le lendemain vers trois heures afin d'entendre l'histoire depuis son début, dans le détail. Murdoch ayant plusieurs rendez-vous, avait prévu de nous rejoindre plus tard.

Il arriva après que j'eus conté à Cate le début de l'enquête. Ils en étaient donc au même point de mon récit. Cate s'était d'ailleurs munie d'un dictaphone –quand je pense au look que ces appareils avaient dans les années « soixante » !– et avait pris néanmoins beaucoup de notes et posé de nombreuses questions.

Ayant pris contact avec mes amis le matin même, j'avais une bonne nouvelle à leur annoncer. Ils pouvaient s'installer dans leur appartement de James Close et y rester le temps qu'il faudrait. Leur fille nous donnerait un double des clés. Leur emménagement fut donc fixé au lendemain.

Comme il se faisait tard, le dîner fut léger. Cate me posa encore deux ou trois questions. J'aurais bien continué mon histoire, mais mes deux jeunes préférèrent regagner leur B & B de bonne heure afin de confronter leurs notes et leurs points de vue. Murdoch appela un taxi. En attendant, nous nous fixâmes rendez-vous devant l'appartement qu'ils allaient occuper dès le lendemain. Edith, la fille de mes amis, devait nous y retrouver à onze heures pour nous ouvrir les portes et faire visiter l'appartement.

Le lendemain, une fois leur installation terminée, Cate prépara un déjeuner léger puis nous nous mîmes au travail.

Vous vous rappelez où j'en étais ?

*

CHAPITRE 14

Mercredi 3 juin 1959

Je me préparais à prendre un copieux petit déjeuner lorsque le téléphone sonna. Je regardai Noreen qui me fit un grand sourire.

— Michael Lee, susurra-t-elle.

En décrochant, je tins l'écouteur loin de l'oreille, bien m'en prit.

— Vous n'êtes pas encore sur le terrain ? aboya-t-il d'emblée.

— Je pars pour me rendre chez Emily Lempfig, Monsieur.

— Non, vous venez me voir tout de suite. Il y a du nouveau !

J'allais lui répondre lorsque je me rendis compte qu'il avait déjà raccroché.

Je finis en une minute mon petit déjeuner, embrassai Noreen et m'engouffrai dans ma voiture.

Lorsque je pénétrai dans le bureau du patron, je vis qu'il n'était pas seul. Une personne que je ne connaissais pas occupait l'un des deux fauteuils visiteurs de son bureau.

— Ah ! dit mon chef, vous voilà ! Monsieur le juge, je vous présente Kyle Mackenzie. Il est chargé de l'enquête concernant la mort de Jonathan Lempfig. Inspecteur, Graham Crawford, juge de la Haute Cour, a tenu à nous rencontrer.

Je fus très surpris qu'un personnage aussi important se dérangeât au lieu de nous convoquer dans son bureau de la Cour Royale de Justice.

Il se tourna vers moi, me fit un léger signe de la tête puis me désigna le second fauteuil.

— Bonjour, inspecteur. Vous êtes sans doute étonné de me voir là, mais ma démarche n'ayant aucun caractère officiel, j'ai préféré que nous nous rencontrions ici.

La secrétaire de Lee entra et nous servit du thé et quelques gâteaux secs.

— Je connaissais bien Jonathan Lempfig qui était un de mes principaux concurrents lors de régates maritimes dans le Solent. Nous avions chacun un ketch, lui le « Njörd » et moi le « Vanitia ». Par petit temps, je gagnais et par gros temps il gagnait souvent. Je ne sais pas si ce que je vais vous dire peut-être rattaché à son assassinat mais… Nous participions, en vue de la semaine de Cowes qui a lieu au mois d'août, à une régate d'entraînement entre les 24 et 26 avril. Lors de la seconde journée, le « Njörd » qui se trouvait à une dizaine d'encablures de l'entrée du port a… comment dire… Surpris par une très grosse vague, il a empanné[1] de manière inattendue et perdu un membre d'équipage, Henry Pleshey, que l'on a retrouvé noyé le 28 avril seulement. Accident me direz-vous. Peut-être, peut-être pas. Je m'explique.

Le buste de Lee sembla s'étirer en direction du juge Crawford, visiblement très intéressé par ces dernières phrases. J'attendis que notre interlocuteur reprît la parole, ce qu'il fit après une légère pause.

— Jonathan Lempfig avait gagné la manche et nos deux bateaux naviguaient en direction du port. J'étais à un demi mille marin derrière lorsque j'ai vu cette lame se former, s'enfler et

[1] La grand-voile change de bord par vent arrière en balayant rapidement toute la surface du pont.

déferler. Elle nous a caché le « Njörd », mais j'ai pu voir la grand-voile empanner. La bôme est donc passée violemment d'un bord à l'autre, a heurté de plein fouet Henry Pleshey et l'a jeté à la mer. Lorsque nous sommes arrivés à hauteur du « Njörd », l'équipage qui avait recouvré ses esprits, commençait les recherches auxquelles nous nous sommes joints ainsi que les autres concurrents. Malheureusement la nuit est très vite tombée et nous n'avons pas retrouvé l'homme à la mer. Ce qui m'a surpris, c'est la façon dont Jonathan s'est laissé surprendre. Ça ne cadre pas avec… C'est un excellent marin, vous savez, qui a traversé plusieurs fois l'Atlantique, navigué dans l'Arctique et dans l'Océan Indien. Bref, c'est curieux mais un accident est toujours possible. C'est la conclusion à laquelle les garde-côtes sont arrivés. Mais le 28 avril, on a retrouvé le corps de Pleshey. Il portait sa ceinture de sauvetage… intacte mais avec une cartouche de gaz vide ! C'est d'ailleurs ce qui a motivé le déplacement d'un inspecteur du Hampshire chez Jonathan Lempfig. Il y a quelque chose de troublant dans cet accident. Je connais le père de Henry Pleshey. Il est directeur général de la Lloyd's of London. Il m'a affirmé que son fils était très attentif à la maintenance de son équipement de survie. Il ne serait jamais parti en mer avec une ceinture de sécurité inefficace. C'est pour ces raisons que j'ai voulu vous rencontrer officieusement.

Lee m'interrogea du regard. Je me raclai la gorge avant de prendre la parole.

— Monsieur le Juge…

— Je suis là en tant que Graham Crawford, inspecteur.

Je compris l'allusion.

— Monsieur Crawford, je vous remercie d'avoir porté à notre connaissance ces renseignements. J'en conclus que, d'une part la mort de Henry Pleshey vous paraît suspecte –et on ne peut écarter que Jonathan Lempfig y soit pour quelque chose– d'autre part l'assassinat de cette personne est lié à celui de Pleshey. Ai-je bien résumé votre pensée ?

— C'est bien ça, inspecteur. C'est un ensemble de coïncidences qui me paraissent… bizarres. C'est bien le mot : « bizarres ».

Le juge se leva et se prépara à partir.

— Merci de m'avoir reçu. Ah ! L'inspecteur de la police du Hampshire qui a rencontré le professeur Lempfig s'appelle Wesley.

Une fois le juge Crawford sorti, Lee me fit asseoir et me demanda :

— Qu'en pensez-vous ?

— Si ce n'était pas un Juge de la Haute Cour, aurions-nous écouté son témoignage ?

Michael Lee me jeta un coup d'œil mauvais et tapa du poing sur la table.

— Vous faites du bateau, Mackenzie ? Non ! Alors si un gars qui en fait vous dit que l'histoire de la grosse vague lui paraît suspecte, il y a lieu de s'interroger surtout si l'on constate que la ceinture de sauvetage de la victime a peut-être été sabotée. Mackenzie, prenez contact avec ce Wesley pour voir où il en est de ses investigations. Je vous l'ai dit dès le début : cherchez l'amant ! Supposons que Pleshey ait été l'amant de madame Lempfig… Jonathan aurait pu vouloir s'en débarrasser. Et Emily Lempfig aurait pu vouloir se débarrasser du meurtrier de son amant, non ? Je vous donne encore 48 heures, sinon je mets Ramsey sur l'affaire.

*

Je me tus et regardai tour à tour Cate et Murdoch. Ils étaient figés, suspendus à mes lèvres.

— Voilà où nous en étions deux ou trois jours après le meurtre de Jonathan Lempfig, dis-je. Seulement quelques vagues indices et la théorie de Michael Lee. Bon on continue ?

Murdoch poussa un gros soupir et Cate se leva.

— Je vais préparer du thé, dit-elle. Cela te permettra de te reposer G-Pa. Tu dois être fatigué. Nous continuerons demain, chez nous.

*

CHAPITRE 15

Samedi 30 mai 1959

La date avait été imposée par Docteur Pop. Jonathan aurait finalement aimé avoir encore un peu de temps. Pop n'était pas de cet avis. Lui aussi connaissait les critiques. L'opposition des scientifiques aux projets de Jonathan était de plus en plus forte. Pour tous ces médecins, financiers et politiques, la contraception était une affaire de femme. En plus, Jonathan était la risée non seulement de ses collègues, mais encore de son entourage. Emily le trompait et tout le monde le savait. Les sous-entendus, les sourires en coin, les regards à la dérobée, les chuchotements dans son dos se multipliaient. Même Graham Crawford, lors de leur rencontre au Yacht-Club de Cowes la veille de la régate avait eu un drôle d'air en le saluant. Ça n'avait rien d'étonnant d'ailleurs, Crawford connaissant bien le père du « Pleshey » qui devait savoir pour son fils et Emily. Il n'en pouvait plus de cette hypocrisie étouffante. Et Pop était le seul à comprendre. Tout ça à cause d'Emily et de ce « Pleshey » qui avaient joué sa réputation et son honneur pour de l'argent. Il n'arrivait plus à se concentrer, s'absentait souvent de la faculté, passait du temps à déambuler lentement dans les quartiers chics en ruminant son malheur. Heureusement Pop était là et lui expliquait ce qu'il devait faire pour rester le grand Jonathan Lempfig qui avait failli avoir le prix Nobel de médecine, à une voix près avait-il appris par une indiscrétion.

Il avait échoué pour le « Pleshey ». Échoué lamentablement. Le « hasard » avait fait les choses. Bien sûr, il avait saboté la ceinture de sauvetage, mais c'était la MER qui avait réussi, pas lui. Il n'avait joué qu'un petit rôle de comparse, sans plus. D'ailleurs Pop n'avait pas manqué de le lui faire sentir. Alors, ce soir il ne pouvait échouer. Combien de fois avait-il répété sous la houlette de Pop ce qu'il devait faire, point par point. Pop avait tout imaginé, il ne pouvait s'être trompé. Il avait même exigé que Jonathan répétât avec Mister Hyde. Et, contre toute attente, le chien s'était prêté au jeu, comme s'il avait trouvé son rôle amusant. Au point qu'Emily s'était inquiétée de voir son loulou nain kidnappé par son maître dès qu'elle rentrait. Néanmoins, un peu par habitude, elle continua à se prêter au jeu du petit paquet de sucre que Mister Hyde apportait chaque soir à Jonathan. Ce petit paquet de sucre qui se transformerait ce soir en poison violent.

Ainsi allaient les pensées de Jonathan pendant que sa voiture avalait les kilomètres de routes sinueuses séparant Cambridge de Londres. En sortant du laboratoire, il avait croisé le concierge et lui avait dit « au revoir » d'un air presque enjoué. Lorsqu'il entra dans la maison, il huma une bonne odeur de cuisine. Mary avait dû se surpasser. Sans ôter son manteau, il passa dans le salon. Il fut surpris de voir qu'Emily était déjà là. Bien sûr, IL n'était plus là pour la retenir. Emily lui décocha un beau sourire et l'invita à faire vite car le dîner était prêt. Mister Hyde courut jusqu'à lui en jappant et entama une ronde autour de ses jambes. Le chien était content de le voir et sautait le long de son pantalon. Pour une fois ravi de cet accueil, Jonathan en oublia presque la suite …

Après s'être mis à l'aise, il revint dans le salon et accompagna sa femme jusqu'à la salle à manger où les attendait Mary qui servit une excellente soupe suivie de viande rôtie. Un vrai souper à la française. Emily était gaie, parlait de choses et d'autres plutôt agréables. Comme avant… Pendant les mois qui avaient suivi leur mariage. Au point que Jonathan se demanda s'il n'allait pas différer son projet. Pour voir s'il n'était pas possible de revenir à cette époque où, pendant des mois, ils avaient été heureux tous les deux.

Pendant qu'il écoutait la voix charmante d'Emily lui exposer qu'elle allait réintégrer le cabinet d'avocats de son père, il réfléchissait à la réaction de Docteur Pop. Il imaginait sa déception, ou plutôt sa colère, ses mots cinglants. Jonathan balançait entre la révolte et la soumission. Après le repas, il passa une soirée merveilleuse avec sa femme qui l'entraîna dans sa chambre. Ce n'était pas arrivé depuis plusieurs mois. Elle ne cacha pas son plaisir au point de le troubler. Que se passait-il donc ? Pourquoi ce revirement ? Avait-elle enfin compris qu'elle avait fait une lourde erreur ? Il se montra à la hauteur et la quitta seulement après qu'elle se fut endormie. Il recouvrit son corps nu avec précaution et regarda un long moment le sourire éclairant son visage.

Ses vêtements à la main, il passa dans la salle de bain attenante, s'habilla et se regarda dans la glace. Avait-il une tête d'assassin ? Ses yeux se portèrent sur le petit meuble suspendu à gauche du lavabo réservé à Emily. Il l'ouvrit et regarda les nombreux flacons réservés à la mise en beauté de sa femme. Il y en avait beaucoup, de toutes les tailles, de toutes les couleurs. Il y avait encore de la place, assez en tout cas pour dissimuler la « fiole ». Jonathan poussa un soupir désespéré. Il n'avait pas envie de le faire. Et puis ce soir, ce n'était plus possible.

Contrairement à l'habitude, il n'était pas monté dans son bureau en laissant Emily avec son chien. Mister Hyde ne pouvait donc lui apporter le petit paquet de sucres qu'il utilisait pour mettre dans le thé que Mary lui avait préparé. Tiens ! Mais pourquoi donc n'en avait-elle pas préparé ce soir ? Emily lui avait-elle demandé de ne pas le faire, avait-elle une idée derrière la tête ? Jonathan se rendit dans sa chambre. Il avait peur d'aller dans son bureau où Pop, mécontent –Jonathan le sentait–

l'attendait. Un petit grattement à la porte. C'était Mister Hyde. Sans son petit paquet de sucres.

— Tu veux sortir ? Dis, tu veux sortir ?

Le loulou semblait avoir compris le sens du mot « sortir ». Il frétilla en regardant son maître et aboya plusieurs fois. Jonathan sourit. À chaque aboiement, le chien se raidissait et faisait de petits bonds sur le côté. Jonathan ouvrit la porte de sa chambre et entraîna Mister Hyde à sa suite dans l'escalier puis le hall d'entrée. Une fois habillé, il attacha le loulou à sa laisse et sortit.

Dehors, il faisait nuit et encore froid. Jonathan déambula dans plusieurs rues au gré des caprices de son chien, puis constatant qu'il était fort tard, prit le chemin du retour. Un frisson lui parcourut l'échine. Là-bas, IL l'attendait. À cette seule pensée, Jonathan ne put s'empêcher de trembler. IL devait être dans une colère épouvantable. Mais que pouvait faire Jonathan ? Rien n'avait fonctionné comme prévu. L'attitude d'Emily, Mary qui n'avait pas préparé le thé, Mister Hyde qui n'avait pas apporté… Et puis, ce moment d'amour avec sa femme. Une chance, une chance possible s'il pardonnait et oubliait le « plan ». S'expliquer ! Il suffisait de s'expliquer... Docteur Pop était loin d'être bête, il comprendrait.

Néanmoins, lorsqu'il se retrouva devant la porte d'entrée, Jonathan sentit une nouvelle fois cette sensation de froid descendre le long de sa colonne vertébrale. Mister Hyde s'engouffra dans le hall. Lempfig, avant d'entrer, se tourna et regarda une dernière fois la rue faiblement éclairée par la lumière des réverbères. Il tressaillit. Au loin, appuyée contre les grilles d'un petit jardin public, il crut apercevoir une silhouette. Il ferma les yeux. Lorsqu'il les rouvrit, l'ombre avait disparu. Jonathan haussa les épaules, entra chez lui et ferma soigneusement la porte à clef. Après avoir enlevé son manteau, il monta lentement l'escalier et trouva Mister Hyde sagement assis devant la porte de la chambre de sa maîtresse. Jonathan lui ouvrit et le regarda, dans la pénombre, s'installer sur son pouf à côté du lit d'Emily qui dormait.

Il ne lui restait maintenant plus qu'à monter un étage. Là, dans son bureau, Pop l'attendait. Lempfig eut peur.

CHAPITRE 16

Mardi 1er février 2016

Le lendemain, vous pensez bien qu'à dix heures, je sonnai chez Murdoch et Cate. Je croyais qu'ils seraient prêts. J'étais candide. Murdoch m'ouvrit, les cheveux ébouriffés, pas rasé, en T-shirt et caleçon.

— Déjà, G-Pa ! Mais quelle heure est-il donc ?

— Je suis à l'heure, mon grand.

— Oh, excuse-nous ! Nous avons veillé très tard à comparer et mettre nos notes au propre.

Je doutai que ce fût la vraie raison de leur réveil tardif. Vous voyez ce que je veux dire !

— Eh bien, entre, ne reste pas sur le pas de la porte, voyons ! Cate prend une douche. Je vais préparer un solide breakfast, avec œufs, bacon et cheddar. Tu en prendras ?

— J'ai pris un petit déjeuner à la française. Vu l'heure, je veux bien un supplément.

Pendant qu'il s'activait dans la cuisine, Cate arriva toute pimpante et m'embrassa comme si elle était déjà ma petite-fille. J'en fus ravi.

— En forme, G-Pa ? On est en retard... Il ne faut pas trop nous en vouloir. Chéri, va prendre ta douche et t'habiller, je prends la suite...

Elle acheva de préparer ce gros repas matinal et entreprit d'y ajouter du porridge salé qui se marie si bien avec les œufs sur le plat et quelques tranches de bacon frit.

Lorsque Murdoch revint de la salle de bain, habillé et rasé, tout était prêt et nous mangeâmes de bon appétit en parlant de la pluie et du beau temps, en comparant la Grande Bretagne et l'Australie –ce qui, soit dit en passant, n'est pas comparable.

Vers onze heures trente, les deux tourtereaux étaient prêts à m'écouter.

Jeudi 4 Juin 1959

L'inspecteur Wesley nous avait donné rendez-vous au Poste Central de la Police à Southampton. Le sergent Arthur Grieg m'accompagnait. Il nous avait fallu un peu plus de trois heures pour faire le trajet en voiture. Grieg conduisait, ce qui me permit de réfléchir à la situation. En fait, nous n'avions rien de concret sur cette affaire. Certes un élément nouveau avait fait irruption dans le déroulement de l'enquête. La victime était suspectée de meurtre, comme ça, tout à coup ! Mais quel lien y avait-il, si cette piste s'avérait, avec son propre assassinat ? La théorie de Michael Lee prenait corps peu à peu. Après tout, il avait peut-être raison. Mais je voyais mal Emily Lempfig en tueuse. J'avais intérêt à trouver quelque chose, et vite, si je ne voulais pas perdre la direction de cette enquête au profit du superintendant Ramsey dont la réputation n'était plus à faire.

Je m'étais renseigné sur l'inspecteur Wesley. Il avait une excellente réputation. Il nous reçut, un peu impressionné par la présence d'un détective du Yard. Pourtant, il avait fait ses preuves dans nombres d'affaires, alors que moi…

Au moment où je prononçais ces mots, le sourire qui passa furtivement sur les lèvres de Cate m'amusa.

J'exposai les raisons de notre visite.

Wesley m'écouta avec attention sans m'interrompre une seule fois. Puis il prit la parole.

— Cette histoire est bien curieuse. Il y a encore quelques jours, vous ne l'ignorez sans doute pas, je me suis rendu à Londres pour rencontrer le professeur Lempfig, en qualité de témoin de la mort d'un membre de son équipage. En fait, la mort par noyade de Henry Pleshey n'a attiré l'attention de la police qu'après avoir retrouvé son cadavre. Le coroner et les garde-côtes avaient conclu à un accident. L'examen du corps n'a, hormis la marque d'un coup violent à la tête dû à la bôme qui avait balayé le pont après un empannage involontaire, apporté aucun élément nouveau. Cependant, le commandant des garde-côtes a découvert tout-à-fait par hasard que la cartouche de la ceinture de sauvetage, en bon état mais non gonflée, était vide. Je ne sais pas comment c'est venu aux oreilles du Juge Graham Crawford qui a raconté au coroner ce qu'il vous a rapporté ce matin. Le coroner a donc souhaité que nous menions quelques investigations. En dépendait l'ouverture ou non d'une enquête. J'ai donc rencontré le Juge Graham Crawford. Puis j'ai pris contact avec les membres de l'équipage du Njörd, enfin avec la famille de la victime, en particulier avec son père. Tous les témoignages concordent. Henry Pleshey était un excellent marin très soucieux des problèmes de sécurité dont le professeur Lempfig lui avait même confié la charge. L'état des ceintures de sauvetage était l'un de ses soucis. La question s'est rapidement posée : comment Henry Pleshey pouvait-il avoir une ceinture de sauvetage défectueuse alors que toutes les autres, vérification faite, ne l'étaient pas ? Nous sommes rapidement arrivés à la conclusion que sa ceinture avait été sabotée. C'est pourquoi nous avons ouvert une enquête officielle qui m'a amené à voir le professeur Lempfig il y a quelques jours.

— Vous souhaitiez avoir son témoignage, dis-je. Pourquoi l'avoir rencontré seulement après avoir interrogé les membres d'équipage ? Vous le soupçonniez ?

— Absolument pas. Pour moi c'était un témoin. Mais dès le début de l'entrevue... j'ai eu l'impression qu'il était très mal à l'aise et qu'il mentait. Par exemple, il a complètement oublié de dire que la victime était chargée des problèmes de sécurité à son bord.

— En effet, c'est curieux. D'autres détails ?

— Oui, de taille. Pourquoi ai-je eu la certitude, dès le début de l'entretien, qu'il mentait ? C'est simple. Son squelette anatomique... Eh bien, je suis sûr qu'il en avait changé l'emplacement pour que nous ne voyions que lui et capter notre attention. Pour moi, ça n'a pas marché. J'ai tout de suite vu que le squelette n'était pas à sa place, car le moindre mouvement de son fauteuil vers l'arrière risquait de le heurter. Mais pour mon sergent... Il n'a pas dit un mot de toute l'entrevue, fasciné par ce tas d'os.

— Attendez inspecteur, s'écria Grieg, vous dites que le squelette était derrière lui ?

— Oui.

Grieg se tourna vers moi.

— Il l'a donc déplacé. La place habituelle de Docteur Pop –c'est ainsi qu'il appelait son squelette, précisa-t-il à notre intention– était là où nous l'avons trouvé le soir du meurtre. C'était d'ailleurs le seul objet que Mary, lorsqu'il lui arrivait de faire le ménage dans le bureau, n'avait pas le droit de toucher.

— Donc, cette mise en scène était bien destinée à nous troubler, insista Wesley.

Il avait raison. Jonathan Lempfig avait caché des choses à l'inspecteur Wesley.

Je me tournai vers Grieg.

— Sergent, dès que nous serons de retour à Londres, nous nous rendrons au domicile de Lempfig. Moi, j'aurai une petite discussion avec la femme de la victime. Je vous charge de voir si la manipulation dont l'inspecteur Wesley vient de nous parler a laissé des traces. Ensuite, nous verrons si l'on peut rattacher ces deux affaires.

Nous prîmes congé de Wesley et dans la voiture qui nous ramenait à Londres, je ne pus m'empêcher de penser que Michael Lee avait sans aucun doute raison sur l'infidélité de Emily Lempfig.

*

— Bien ! Je prendrais bien un peu de repos moi, dis-je à mes deux tourtereaux qui notaient tout. Quelle heure est-il ?

Cate et Murdoch levèrent en même temps la tête et arrêtèrent de noircir leur papier. Deux paires d'yeux étonnés me fixèrent.

— Wow ! s'écria Murdoch. Il est deux heures passées. As-tu faim G-Pa ? Tu as raison, il faut te reposer. Cate, si on prenait une petite collation ? Et après, pour se détendre on pourrait aller faire un tour.

Cette interruption me permit de remettre mes idées en place. Il est vrai que mes jeunes gens, nés dans les années 90, pouvaient être étonnés. Ils croyaient rêver lorsqu'on leur disait que leurs arrière-grands-parents étaient nés sous le règne de Victoria[1] et que la plupart des vols commerciaux en 1960 étaient toujours assurés par des avions à hélices.

Alors, résoudre des enquêtes policières sans les moyens dont bénéficient les « Experts », de Vegas à Miami, leur paraissait appartenir au domaine du voyage dans le temps. Je remarquai cependant que Cate ne semblait pas aussi... désappointée que Murdoch. Elle buvait son thé à petites gorgées, en silence, les yeux dans le vague. De temps en temps, elle souriait. Je ne la connaissais pas encore, mais elle avait déjà une petite idée, j'en étais sûr.

---

[1] Née en 1819, Victoria régna sur le Royaume Uni de 1837 à 1901.

Cet intermède dura un peu plus longtemps que prévu. Au retour de notre promenade, détendu et reposé, je repris mon récit.

CHAPITRE 17

Nuit du 30 au 31 mai 1959

Jonathan posa sa main sur la poignée de la porte de son bureau. Cela faisait la troisième fois qu'il le faisait mais sans réussir à peser dessus suffisamment pour ouvrir cette fichue porte. Derrière, au fond, dans le recoin le plus sombre de la pièce, il y avait Pop. Et il n'était pas content Pop, Jonathan en était sûr ! Tout ce qu'il avait prévu pour redonner sa dignité au vieil homme tombait à l'eau. Par ses maladresses, il risquait d'être suspecté d'avoir tué l'amant de sa femme. Et maintenant, il ne voulait plus passer à la seconde partie du plan et rêvait de pardonner à l'infidèle pour recommencer une nouvelle histoire d'amour. Tout ça parce qu'il avait passé un moment torride de sexe avec Emily.

Jonathan retira vivement la main de cette fichue poignée comme si elle l'avait brûlé. Machinalement, il souffla sur sa paume et fit un pas en arrière. Non décidément, il ne se sentait pas capable d'affronter Pop cette nuit. Il n'en pouvait plus de cette pression que le squelette exerçait sur lui. Et puis son regard… Depuis quelques temps et de plus en plus souvent, il avait l'impression qu'il y avait des yeux dans les orbites sombres, des yeux rougeâtres qui le suivaient partout. Ce regard terrifiant ne le lâchait pas, même la nuit et hantait son sommeil. Sur la pointe des pieds, il alla vers l'escalier et descendit lentement les marches en s'efforçant de ne pas faire de bruit.

Revenu dans sa chambre à peine éclairée par une lampe de chevet, il s'assit sur son lit et regarda autour de lui. Le manque de lumière, la lourdeur des rideaux qui masquaient les fenêtres et accentuaient le silence, les meubles sombres, les dimensions de la pièce et même le lit à baldaquin dressé vers le plafond, tout l'oppressait. Et ces deux yeux, ceux de Pop, qui, où qu'il portât son regard, le fixaient sans cesse.

Tout habillé, il se coucha en chien de fusil, ferma les yeux et plaqua ses mains sur ses oreilles pour ne plus rien voir ni entendre. Dormir, il aurait tant voulu dormir. Mais les yeux le fixaient toujours et une voix chuchotait dans la pénombre, tournait autour de lui, ne le lâchait pas. Pop voulait le voir, tout de suite. À quoi cela servait-il de résister, d'entamer un combat dont il ne pouvait sortir que vaincu et meurtri ?

Jonathan, de rage et de désespoir, grinça des dents. Des larmes coulèrent sur ses joues, ses ongles s'incrustèrent dans ses paumes de mains. Combien de temps dura sa rébellion ? Quelle importance cela avait-il puisqu'il se leva et, tel un automate, se dirigea vers la porte de sa chambre, vaincu par la volonté de Pop ?

Le souffle court, il monta aussi lentement qu'il le put l'escalier qui menait à son bureau. Pour la quatrième fois sa main se posa sur la poignée de porte qui s'ouvrit avec un léger grincement. La lampe posée sur sa table éclairait à peine la pièce. Lempfig ne se rappela pas l'avoir allumée. Au fond, dans la partie la plus sombre, Pop brillait à peine.

« *Je t'attendais* » crut-il entendre. « *Tu en as mis du temps !* »

Presque tremblant, les mains jointes devant lui, Jonathan s'avança à petits pas et s'arrêta à bonne distance de la silhouette inquiétante.

« *Approche encore un peu* », susurra Pop.

Jonathan fit un pas supplémentaire.

« *Alors, tu veux me désobéir ?* »

Jonathan hocha la tête.

« *Pourtant, c'est bien ensemble que nous avons mis ce plan au point ?* »

Jonathan hocha encore une fois la tête.

« *Alors, pourquoi tu ne veux plus ?* »

— Parce qu'il existe peut-être encore une chance... murmura-t-il.

« *Crois-tu ? Que fais-tu de ton honneur ? Que fais-tu de ta vengeance ? Un moment d'amour t'a donc suffit ?* »

— Mais je me suis vengé, il est mort.

« *Tu n'y es pour rien !* » asséna le squelette. « *Aucun de tes petits sabotages n'a fonctionné, tu as été trop pleutre.* »

— Vous exagérez. J'ai quand-même pris le risque de remplacer la cartouche par une vide...

« *Tu sais bien que c'est la vague et la bôme qui l'ont eu* », coupa Pop d'un ton sec. « *Même si sa ceinture l'avait soutenu, il serait mort de froid dans la nuit. Ça tu le sais bien, oui ou non ?* »

— Oui, murmura Jonathan désemparé.

« *Donc tu n'as rien fait. Tu es toujours cocu, tout le monde le sait, tout le monde rit de ton infortune et tu voudrais pardonner ?* »

— Mais pourtant ce soir...

« *Pour une partie de jambes en l'air, tu es prêt à vendre ton honneur à l'encan ? Il y a encore peu de temps tu étais important, en vue, tu étais pressenti pour le Nobel de médecine, tout le monde enviait ta situation. Et puis elle a fait ce faux pas. Tu n'as donc pas remarqué qu'on chuchote dans ton dos ? Les membres de ton équipe, Hill en particulier, ne te regardent pas d'un drôle d'air ? Tu n'as rien remarqué ?* »

— Si, marmonna Jonathan.

En effet, il se remémorait tous ces changements insidieux qu'il constatait depuis quelques mois. Il osa lever les yeux et regarder Pop. Le visage du squelette lui parut souriant et il n'y avait rien d'agressif dans son regard. Jonathan se rasséréna. Il y avait sans doute moyen de négocier les décisions qui avaient été prises. Il misa sur la clémence de Pop.

C'était mal le connaître.

CHAPITRE 18

Arthur Grieg, au retour de Southampton, me déposa chez moi à la nuit tombante. Noreen était aux anges, ravie de me voir si tôt. Elle se mit à préparer un repas léger pour le soir et je lui donnai un coup de main tout en écoutant le compte rendu de sa propre journée. Elle avait repris contact avec son cabinet d'avocats et le patron lui avait confié une affaire intéressante à plaider et bien préparée par un collègue[1]. En effet, il n'était plus question, sans doute pour un bon bout de temps de voyage de noces en France.

— Alors, mon petit mari, dis-moi ce que devient ton enquête ? me demanda-t-elle en souriant.

— Que fais-tu du secret professionnel ?

— Tu sais… Je suis aussi astreinte au secret professionnel. Mais il n'est pas inutile que je te dise comment je vois les choses comme avocate qui s'opposerait à l'accusation à qui tu aurais fourni des preuves. Actuellement, quelles preuves as-tu ?

Noreen avait raison et j'avais confiance en elle. Une fois notre repas fini, confortablement installés dans les fauteuils du salon, je lui racontai l'histoire de ma première enquête, seul. À la fin, je ne lui cachai pas mes craintes, faute de résultats.

Noreen réfléchit longuement avant de me dire ce qu'elle pensait de l'affaire.

— Pour l'instant, mon pauvre chéri, tu n'as rien de solide. D'une part tu n'as aucune preuve concernant le meurtre du

---

[1] Noreen est avocate plaidante (barrister) par opposition au sollicitor, proche de l'ancien avoué français, disparu en 2012.

docteur Lempfig. Pas d'empreintes digitales sur l'arme, pas de témoins, juste quelques faits permettant de faire des hypothèses. Pourquoi le docteur a-t-il modifié son testament au bénéfice de son fils avec lequel il n'avait pratiquement pas de contacts ? Et sa femme qui ne sait pas qu'elle est déshéritée ? Michael Lee pense à un amant et à Lempfig qui l'apprend. Là-dessus se greffe la mort de celui qui pourrait être l'amant et on soupçonne le docteur d'être l'assassin. Tout ça c'est du délire dont, lors du procès, la défense tirerait profit. Des preuves, Kyle, il faut des preuves irréfutables et c'est à toi de les fournir à l'accusation. Attention : prouver que la femme de Lempfig avait un amant n'est pas la preuve qu'elle a assassiné son mari. Ici, on n'est pas en France. De même, rien ne prouve que Lempfig ait tué le membre de son équipage. Même si tu prouves que celui-ci était l'amant de madame Lempfig, cela ne veut pas dire que le docteur est responsable de sa mort. À mon avis, il faut savoir d'une part si Lempfig savait que sa femme avait un amant et qui était-il, d'autre part pourquoi il a modifié ses dispositions testamentaires ? Je te suggère d'obtenir l'autorisation d'assister à l'ouverture du testament en présence des parties et d'observer. D'autre part, lis attentivement le rapport d'autopsie et discute de tous les détails avec le légiste. Et surtout n'oublie pas que madame Lempfig est avocate et que son père est à la tête d'un des plus gros cabinets de Londres. Il ne laissera rien passer.

*

Mes deux tourtereaux se redressèrent et me regardèrent un long moment sans mot dire. Depuis plus de deux heures ils étaient suspendus à mes lèvres et prenaient des notes. Ce fut Murdoch qui rompit le silence.

— G-Pa, il faut que tu te reposes car tu as fait un gros effort de mémoire. Je te propose qu'on mange rapidement ici et nous te reconduirons chez toi en taxi. C'est d'accord ?

Cate se leva et vint m'embrasser sur la joue.

— Demain, j'aurai fini les portraits des principaux personnages de l'histoire. Il faudra me donner ton avis, G-Pa. Surtout pour le tien, ajouta-t-elle avec un grand sourire.

Le souper fut frugal mais calma la petite faim qui tourmentait mon estomac. On parla de choses et d'autres, sans importance... Ah si, quand même ! Ma future petite fille me demanda si j'accepterais de venir en Australie... À quatre vingt six ans !... Mais, après tout, pourquoi pas ?

Le lendemain, c'était le mercredi et Murdoch me passa un coup de fil de bonne heure. Il était bloqué toute la journée pour raisons professionnelles. Cela m'attrista. Ces séances avec Murdoch et Cate, qui me forçaient à plonger dans mes souvenirs, étaient salutaires pour ma santé. Après tout, que serait-il advenu s'ils n'avaient pas été là ? Je me serais morfondu dans ma petite vie monotone de « veuf ». Au début, les quelques amis qui me restaient et que j'allais voir disparaître au fil des mois puisqu'ils avaient mon âge. À moins que ce soit moi... Et puis, en fin de semaine, ce serait le repas hebdomadaire avec la famille... Mon fils Donald, de plus en plus prétentieux ; ma fille qui me raconterait tôt ou tard ses déboires conjugaux et chercherait à les oublier en me couvant ; enfin leurs enfants, héritiers des défauts de leurs parents... les uns bardés de diplômes, crâneurs et imbus d'eux-mêmes, les autres tristes à mourir, comme leur mère. Impossible de résister bien longtemps. La mort est parfois une délivrance salutaire, un passage dans lequel il vaut mieux se faufiler que d'errer sur le chemin tortueux d'une vie sans saveur.

L'arrivée de Jane m'arracha à mes rêveries morbides. Je passai à des préoccupations plus terre à terre, comme l'établissement de la liste des courses à faire, par exemple. Elles me prirent une partie de la matinée et lorsque je revins, Jane m'annonça que Cate avait téléphoné. Elle devait passer en début d'après-midi « pour me montrer des dessins ». Elle avait sans doute monté une partie de son scénario et souhaitait me demander mon avis.

Jane prépara un déjeuner « à l'anglaise » que nous partageâmes et lorsque Cate arriva, le thé était prêt. Jane nous laissa pour s'occuper du ménage et de la lessive.

Cate portait sous son bras un carton à dessins qu'elle posa sur la table du salon. Cate était vraiment une jolie femme et j'étais heureux pour Murdoch qui avait déniché un oiseau rare.

Elle me dévisagea un long moment en silence. Je soutins son regard, sachant qu'elle avait quelque chose d'important à me dire.

— Ton regard est triste, G-Pa, dit-elle. Tu t'es ennuyé ce matin ?

— Quelle perspicacité ! répondis-je avec un grand sourire. Tu aurais fait un bon flic, ma chérie. C'est vrai, j'ai eu des pensées un peu sombres ce matin. Je me suis habitué à ces bons moments en votre compagnie. J'ai l'impression, depuis que Murdoch a refait surface, que ma vie est moins... affligeante. Et puis, tu es mon petit rayon de soleil.

— Tu sais, G-Pa, on en a parlé avec Murdoch. Ce serait bien si tu venais en Australie.

Le silence s'installa pendant que nous buvions notre thé. Cate me faisait cette proposition pour la seconde fois en deux jours. J'en fus troublé.

— Pourquoi me le demandes-tu ?

— Je n'ai jamais eu de grand-père, G-Pa. Et je suis heureuse d'en avoir trouvé un comme toi, ajouta-t-elle.

Une larme perla à son œil et roula sur sa joue. Je me levai, pris son visage dans mes mains et déposai un baiser sur son front.

— Je vais y réfléchir sérieusement, Cate. Mais laissez-moi un peu de temps. Vous rendez-vous compte ? À mon âge !

— Mais, tu n'es pas vieux, G-Pa. Profites-en !

Elle avait raison, à une nuance près. Depuis leur irruption dans ma vie, je n'étais PLUS vieux.

Elle but encore une gorgée de thé, puis dénoua son carton à dessins et l'ouvrit avec une lenteur calculée. Elle prit une première chemise, la posa devant moi et dévoila un portrait. Le mien ! Je restai sans voix. Je ne connais rien à l'art du dessin. Mais ce que je voyais, c'était moi, en 1959. Et ce n'était pas une photo ! Stupéfait, je regardai Cate qui souriait.

— Comment as-tu fait ?

Elle tendit le doigt vers un cadre qui trônait dans la bibliothèque. La photo, en noir et blanc, prise par un professionnel, représentait un jeune couple qui venait de se marier : Noreen et moi.

— Et Noreen ? demandai-je.

Cate ouvrit une autre chemise et me tendit une autre feuille. Tout tremblant, les deux dessins à la main, je m'approchai du cadre. C'était bien nous. Je ne pus retenir une larme qui coula le long de ma joue et me força à renifler. Je revins vers ma future petite-fille, m'assis devant elle et lui restituai ses œuvres.

— C'est fantastique, Cate. Tu as tout saisi du couple que nous formions alors et de nos personnalités. Je suis... bouleversé. Quel talent !

Cate sourit et me tendit une autre feuille. Je reconnus Grieg, puis Lee. Comment s'y était-elle prise pour croquer le physique et l'allure de personnes que j'avais vaguement décrites ?

— Ne change rien surtout, murmurai-je. C'est parfait !

— Nous changerons les noms, G-Pa. Je pense que c'est préférable.

Elle avait raison. Excepté moi, les protagonistes importants de cette histoire avaient disparu. Sans leur nom, il y avait peu de chance de les reconnaître.

— Bien, G-Pa ! Maintenant que je tiens les principaux personnages, je vais bâtir le scénario avec Murdoch. Puis ce seront les premières planches que l'on te soumettra. Nous voulons coller à la réalité. L'histoire, c'est tout son intérêt, doit montrer que la police alors, sans moyens scientifiques, était capable de résoudre des énigmes sans défourailler comme les flics modernes qui tirent sur tout ce qui bouge.

Je souris. Pas d'ADN, pas de spectromètre de masse, pas d'experts avec leurs fioles et leurs tubes à essais, pas de « profilers ». En bref, une enquête rétro. Ça pouvait marcher.

Cate partit et je me retrouvai seul. Un rayon de soleil pénétra dans le salon. Le temps se mettait au beau. Je pris mon manteau, mon parapluie, par précaution, et une fois dans la rue, hélai un taxi. Je n'avais pas l'intention de m'ennuyer devant la télé. Un petit tour au club... avec un peu de chance, j'y retrouverais quelques vieilles connaissances.

*

Le lendemain, je reçus un coup de téléphone de Murdoch. Il me proposait de passer avec Cate en milieu d'après-midi pour entendre la suite de mon récit. Il voulait savoir si je n'avais pas pris d'engagement. Je n'hésitai pas un instant et lui demandai de venir dès qu'ils le pouvaient. J'étais impatient d'arriver à la fin de cette histoire.

Ils arrivèrent vers quatre heures. Je les attendais de pied ferme. J'avais « révisé » longuement les évènements suivant ma conversation avec Noreen.

Cate s'assit juste en face de moi, mit son carton à dessins sur ses genoux, y posa un carnet à croquis et s'empara d'un fusain dont elle examina la taille avec attention.

Murdoch prit place à côté d'elle et sortit son carnet d'une des poches de sa veste de sport.

Ils étaient prêts... Le dictaphone aussi...

*

CHAPITRE 19

Nuit du 30 au 31 mai 1959

Jonathan avait fui son bureau. Il pensait avoir obtenu un délai. Mais Pop lui avait dit de ne pas se faire trop d'illusions. Plus il reculerait l'échéance, plus sa chute serait grande. Jonathan ne comprit pas l'allusion, mais au moment de quitter le bureau, Pop avait chuchoté. C'était si bas que Jonathan se demanda, une fois de retour dans sa chambre, ce qu'il avait dit. Un mot, un seul, finissant par « ê ».

Jonathan haussa les épaules et s'allongea sur son lit. Pourquoi avait-il parlé de chute ? De toute façon, l'alternative était simple.

Ou bien il appliquait le plan mis au point et, une fois assassiné par sa femme avec l'aide de Mister Hyde, disparaissait en pleine gloire. Il voyait déjà les titres dans la presse, les commentaires des journalistes à la radio et à la télévision : « L'éminent professeur Jonathan Lempfig qui a tant apporté à la médecine… ». On rappellerait qu'il avait failli avoir le Nobel de médecine, qu'il était prêt à offrir aux couples une vie sexuelle libérée des affres des grossesses indésirables. Et en plus il offrait aux hommes l'assurance d'avoir des femmes fidèles. Eh oui ! La concurrence travaillant sur la contraception féminine, les femmes prenant la pilule pourraient tromper leurs maris en toute tranquillité. Avec SA contraception masculine, les femmes infidèles risquaient l'« accident ». Oui, mourir en pleine gloire et ne plus supporter les sourires en coin, les allusions à son infortune !

Ou bien, il essayait de donner une chance à Emily qui s'était égarée avec ce « Pleshey ». Elle lui avait fait sentir ce soir dans son lit qu'elle était prête à commencer une nouvelle vie avec lui. Elle avait dit « je t'aime ».

Que lui importait donc le regard des autres s'il pouvait être heureux ? Pop ! Ah Pop ! Avec ses principes, son sens de l'honneur qui faisaient fi de sa vie à lui, Jonathan. Il ne pouvait accepter, il ne voulait plus l'écouter lui faire la leçon. Mais il avait peur de ne pouvoir résister à sa volonté, à son regard, à cette voix qui résonnait dans sa tête. Une amitié de toute une vie gâchée par l'inconduite de sa femme.

Responsable ! Il lui avait tout donné et elle l'avait fait cocu au vu et au su de tous. Il crut entendre le petit rire moqueur de Pop. Demain, il reprendrait sa liberté et ferait ce qu'il voulait. Ce n'était quand même pas un squelette qui allait lui dicter sa conduite.

Mais… S'il avait raison ? Jonathan sentit ses yeux se fermer et le sommeil le gagner. Soudain, il se redressa. Le mot chuchoté par Pop. « *Wesley* », il avait dit « *Wesley* » ! Il s'en souvenait maintenant de ce mot à peine audible. Pourquoi avait-il prononcé le nom de cet inspecteur du Hampshire ?

Wesley ! Jonathan se rappelait maintenant. Pas sympathique. Il avait essayé de l'impressionner, mais sans succès d'après Pop. Pourtant, le type qui l'accompagnait n'avait pas quitté Pop des yeux et n'avait pas dit un mot. D'après Pop, c'était Wesley qui était important. Et si le petit numéro de Jonathan avait été mal interprété ? Après tout, même s'il avait pris ses précautions, il avait peut-être laissé des traces sur la cartouche. Wesley avait dû interroger les autres membres d'équipage. Qu'avaient-ils dit ? Savaient-ils eux aussi qu'Emily était la maîtresse du « Pleshey » ? Les langues s'étaient-elles déliées ? Et lui qui avait omis de dire que le « Pleshey » était responsable de la sécurité à bord. Comment avait-on interprété cette énorme faute d'inattention qui avait entraîné le « Njörd » dans un empannage brutal ? Et si Wesley avait vu les parents du « Pleshey » ? Eux, ils étaient bien sûr au courant de sa liaison avec Emily ! Lempfig se leva d'un bond. Il fallait demander à Emily s'ils étaient au courant. Il ouvrit la porte de la salle de bain qui reliait sa chambre à celle de sa femme. C'est exactement à ce moment là qu'il entendit un bruit de pas.

Il tendit l'oreille. Le bruit avait cessé. C'était sans doute Emily qui s'était réveillée. Jonathan s'approcha de la porte de sa chambre et l'ouvrit doucement. La lumière de la salle de bains pénétra dans la pièce et dégagea le lit d'Emily de la pénombre. Elle dormait et sa respiration était à peine audible. Mister Hyde sortit de son couffin et vint vers son maître en frétillant. Jonathan ne lui ménagea pas ses caresses ponctuées de « chut » pour lui intimer le silence. Pour éviter de réveiller sa femme, il prit le chien dans ses bras et le reposa sur sa couche. Le loulou lui lécha les mains et ne bougea plus. Jonathan sortit sur la pointe des pieds, regagna sa propre chambre, tendit l'oreille.

Hormis les battements de son cœur, le silence régnait en maître dans la maison. Il se sentit ridicule. Sa querelle avec Pop l'avait marqué et le rendait paranoïaque. C'était la première fois depuis longtemps qu'il s'était ainsi opposé à son squelette et lui avait résisté. Pop prenait tant de place dans sa vie, était dépositaire de toutes ses confidences et de ses secrets, qu'il finissait par oublier que ce n'était qu'un mort.

Il s'apprêtait à se coucher lorsqu'il entendit un coup fort, venant du plafond. Son bureau était situé à l'étage supérieur au-dessus de sa chambre. Et le bruit venait de là. Un second coup, plus fort, retentit. Jonathan s'avança jusqu'à l'endroit d'où il semblait venir. C'était à l'emplacement de Pop, à l'étage au-dessus. Un troisième le pétrifia.

Pop, ce ne pouvait être que Pop qui l'appelait !

CHAPITRE 20

5 Juin 1959

Dans mon récit, j'ai complètement omis de parler des media, quotidiens, radio et télévision.

J'avais réussi à échapper aux journalistes, sauf lors de ma première visite au domicile de Jonathan Lempfig. Les constables avaient fait leur boulot et réussi à les écarter de mon chemin. Malgré tout, mon portrait était apparu dans les journaux et à la télé, ce que je n'appréciais guère. Mes autres visites chez Lempfig furent plus discrètes. Je pris l'habitude d'y accéder par la porte de service donnant sur une petite rue peu fréquentée. Surpris de ne pas y être importuné, je compris rapidement pourquoi. Emily Lempfig ne se dérobait pas aux interviews et ne craignait pas de se montrer à la porte principale, de telle sorte que les journalistes s'y attroupaient à longueur de journée.

Le Yard communiquait aussi, très sobrement, par la voix de Michael Lee. Je préférais qu'il en fût ainsi, néanmoins le pays savait qu'un certain inspecteur Kyle Mackenzie menait l'enquête. Cette notoriété servit toutefois à accélérer mes investigations.

Le lendemain de ma conversation avec Noreen, toute la presse matinale se demandait s'il y avait un lien entre la mort de Henry Pleshey et celle de Jonathan Lempfig. Je me rendis au Yard, d'une part pour rencontrer le patron, d'autre part Grieg, avec qui j'avais décidé de me rendre, dès le matin, chez Emily Lempfig. Lee m'attendait, de fort méchante humeur. Il avait eu le temps de faire son enquête avec Wesley et sa hiérarchie. A priori, il n'y avait pas eu de fuite interne sur ma rencontre avec Wesley. En revanche, la famille de Pleshey et Emily Lempfig avaient tous les éléments nécessaires à la propagation de cette rumeur. Échangeaient-ils des informations ?

Lee se chargea d'élucider la question. Il me demanda de faire la lumière sur la nature des relations entre Henry Pleshey et Emily Lempfig. Lee donna son accord pour que Grieg établisse à quoi le professeur avait joué lorsqu'il avait reçu Wesley. Deux spécialistes des indices lui furent adjoints.

Je me préparai à sortir du bureau du patron lorsque son téléphone sonna. La standardiste avait un appel à mon intention, en rapport avec l'assassinat de Jonathan Lempfig.

— Passez-moi cette personne, dit Lee en me tendant l'écouteur.

Un instant plus tard, une voix de femme retentit dans l'écouteur.

— Hello, inspecteur Mackenzie ?

— Non Madame, je suis Michael Lee, directeur-adjoint de Scotland Yard, en charge de la section C. Je vous écoute avec l'inspecteur Mackenzie. Vous l'appelez à quel sujet et qui êtes-vous ?

Il y eut un petit rire à l'autre bout du fil.

— Salut Michael, Gayle Winfrey à l'appareil.

— Gayle ! Comment allez-vous depuis que vous nous avez quittés ? Les affaires vont bien ?

— Très bien, Michael, très bien. Je reviens de France où j'ai fait une petite enquête pour un client. J'ai donc appris hier à la télévision le meurtre de Jonathan Lempfig et ce matin, dans le Times, qu'il y a peut-être un lien entre la mort du professeur et un certain Henry Pleshey.

— Ce sont des élucubrations de journaliste, Gayle. Pour l'instant nous n'en avons pas la preuve.

— Je peux vous dire, mon cher ami, que j'ai remis à Jonathan Lempfig, il y a quelques temps, un rapport sur les relations indécentes entre sa femme Emily et ce Henry Pleshey.

Michael me regarda, la bouche ouverte, abasourdi par la nouvelle. Je ne devais sans doute pas avoir l'air plus malin.

— Pouvez-vous venir tout de suite, Gayle ? Avec des preuves si possible.

— J'ai le double de mon rapport, mais plus de photos. Par discrétion, je les ai données à Lempfig avec les négatifs.

— On vous attend, venez vite s'il vous plaît.

Lee raccrocha.

— L'amant, Mackenzie, l'amant ! Je vous l'avais bien dit ! Envoyez quand même Grieg avec les spécialistes. Qu'ils vérifient s'ils trouvent des traces de la mise en scène de Lempfig lorsque Wesley l'a rencontré.

Quand Gayle Winfrey entra dans le bureau de Michael Lee, je fus surpris par la beauté de cette femme qui n'était plus toute jeune. Mince, grande, très brune à la peau métissée, l'un de ses parents était visiblement originaire des Indes.

— Kyle Mackenzie, je vous présente Gayle Winfrey qui, il y a quelques années, alors qu'elle aurait pu devenir superintendant, a préféré quitter le Yard pour le privé.

Je m'inclinai. Madame Winfrey me sourit et dit :

— Enchantée, inspecteur Mackenzie. Bonjour Michael, je vois que vous êtes toujours en pleine forme.

— Ça irait mieux si nous avions des éléments probants pour clore cette affaire, Gayle. Mais tout se complique.

— Ok ! J'ai lu les journaux et regardé la télé depuis mon retour de France. Je peux vous aider. J'ai la preuve que Henri Pleshey était l'amant d'Emily Lempfig et Jonathan Lempfig le savait. En effet il a dû recevoir mon rapport d'enquête et les photos le 4 ou 5 janvier, envoyés sous pli confidentiel à Cambridge.

Je jetai un coup d'œil à Lee dont le regard se mit à briller d'une lueur particulière, preuve de son intérêt pour ce que Gayle Winfrey venait de dire.

— Nous sommes tout ouïe, Gayle.

— Fin décembre, le professeur Lempfig m'a rendu visite. Il n'en pouvait plus de subir allusions maladroites et moqueries à peine dissimulées de son entourage professionnel, voire amical, sur les infidélités de sa femme. Vous pensez bien que je ne me suis pas embarquée dans cette affaire sans lui avoir posé un certain nombre de questions. En fait, il se sentait coupable d'avoir négligé son épouse pour se consacrer presque exclusivement à son travail. Il espérait, grâce à ses recherches, décrocher enfin le Nobel de médecine qui lui a échappé il y a quelques années. Son sentiment de culpabilité était d'autant plus grand qu'il l'avait laissée pratiquement seule après une fausse couche. Sa femme a fait une grave dépression et Jonathan Lempfig a pensé qu'il rattraperait sa maladresse en lui offrant un chiot. Madame semblait avoir remonté peu à peu la pente, mais elle était devenue distante, préoccupée par ce chien dont il était, j'en suis sûre, devenu plus ou moins jaloux. Elle a souhaité faire chambre à part sous le prétexte qu'il ronflait et l'empêchait de dormir, puis elle a eu de plus en plus souvent la migraine, bref il a eu de moins en moins accès à son lit. Et bien sûr, il a été entraîné dans un cercle infernal : suspicion, jalousie, paranoïa, tout était bon pour le convaincre qu'elle le trompait. J'ai quand-même accepté de faire une filature, sans grande conviction et… Eh bien, j'ai vite constaté qu'il avait raison. Elle avait bien un amant. Ils se rencontraient plusieurs fois par semaine dans différents hôtels discrets et éloignés de leurs domiciles respectifs.

Lee me jeta un regard triomphant. Depuis le début, il avait raison. Mais l'information de Gayle Winfrey ouvrait de nouvelles pistes, cette fois sérieuses. Les soupçons qui pesaient sur Jonathan Lempfig s'alourdissaient. La mort de Henry Pleshey, nous en étions convaincus, n'était certainement pas accidentelle. Le prouver était une toute autre histoire, son meurtrier présumé n'étant plus de ce monde.

*

— Passionnant ! s'exclama Cate. À ce stade de l'enquête, on ne sait toujours pas qui a tué Lempfig. Des suppositions, des hypothèses, c'est tout !

— Aujourd'hui, avec la scientifique, nous aurions eu davantage d'indices qui, toutefois, ne nous auraient peut-être pas permis d'identifier un suspect.

— Oui, mais ton patron avait quand même Emily dans le collimateur, objecta Murdoch qui avait noirci plusieurs pages.

— Ça ne suffisait pas. Nous n'avions pas de vraies preuves et n'importe quel avocat l'aurait fait sortir de la salle d'interrogatoire. N'oublie pas qu'ici nous devons prouver la culpabilité. Ce n'est pas au suspect de prouver son innocence. On n'est pas en France ! Dans l'affrontement entre l'accusation et la défense lors d'un procès, l'avocat d'Emily aurait facilement semé le doute dans l'esprit du jury qui n'aurait certainement pas été unanime.[1]

Cate, avec un grand sourire, s'assit à côté de moi. Elle avait fait une dizaine de croquis pendant que je racontais mon histoire. C'était bien moi. Elle avait tout compris. Puis elle se leva et disparut dans la cuisine. C'était l'heure du thé !

Murdoch poussa un grand soupir tout en remuant sa cuillère pour bien mélanger le nuage de lait que Cate avait versé dans sa tasse. Je le regardai, l'air interrogateur sans doute.

— Oui, G-Pa, je soupire parce que vraiment... Mais, bon Dieu, comment avez-vous fait pour... ?

— Pour trouver ?

---

[1] Les 12 jurés composant le jury, délibèrent seuls. Le principe est l'unanimité, sauf si le juge accepte une décision majoritaire de 10 contre 2.

Je ne répondis pas immédiatement à cette question. En fait, je me la pose encore aujourd'hui. Avec les moyens dont nous disposions, cela tient du miracle pour le béotien. Mais pour nous... C'était notre lot. Et nous faisions avec.

— C'est moi qui ai trouvé, longtemps après et par hasard. Je vais vous raconter ça dès que nous aurons pris un peu de repos en finissant ce merveilleux Lapsang-Souchong[1].

— C'est vrai qu'il est bon, dit Cate. Quant aux gâteaux, ils sont excellents. C'est Jane ?...

— Jane est une excellente cuisinière, mais elle ne pâtisse pas. Je suis gourmand et à deux rues d'ici, nous avons un pâtissier fameux. J'ai toujours de la réserve, mais quand j'ai su que vous veniez...

Cate sourit.

— G-Pa, veux-tu continuer ou bien souhaites-tu te reposer jusqu'à demain ?

— Non, non, je continue ! Il faut avancer... Après demain, j'ai le déjeuner avec Donald, Moira et leur smala.

— Ah !... Je te plains, répondit Murdoch.

— N'exagère pas. C'est sa fille et son fils quand-même ! dit Cate. Et puis, cette interruption nous permettra de travailler sur le projet. Regarde la pile de notes que nous avons prises... Et l'enregistrement... Nous avons du boulot et tu as tes obligations, Murdoch. Je ne suis pas fâchée de ce petit intermède.

Elle avait raison. Je me calai bien dans mon fauteuil et replongeai dans mon passé.

*

Avant de partir, Gayle Windfrey regretta une fois encore de ne pouvoir nous donner des photos.

---

[1] Le Lapsang-Souchong est un thé noir fumé originaire de Chine.

— Mais à mon avis, si vous fouillez bien, vous trouverez, soit chez lui soit quelque part dans son labo à la fac, le rapport, l'original des photos et la liste des hôtels où ils se rencontraient. Ah ! Un détail qui m'a frappée. Toutes les fois que j'ai vu Emily et Pleshey ensemble, la jeune femme ne respirait pas la joie. On n'aurait vraiment pas dit des amoureux.

Une fois Gayle sortie, Lee fit le nécessaire pour nous fournir les mandats de perquisition afin de retrouver le rapport et les photos de la filature. Pour ma part, une voiture m'emmena chez Lempfig. J'avais pour mission de ramener Emily Lempfig au Yard pour y être interrogée.

CHAPITRE 21

31 mai 1959, dans la nuit.

La porte de la chambre s'ouvrit en grinçant. « Il faudra que je mette de l'huile », pensa Jonathan. « Et si ce n'était pas Pop ? » Après tout quelqu'un était peut-être entré dans la maison. Un long frisson lui parcourut le dos. Aller dans son bureau les mains vides lui parut risqué. Il fit demi-tour et s'empara de la batte de cricket qui trônait, en souvenir de ses années d'étudiant en médecine, dans un coin de sa chambre. Le manche bien en main et la lame en avant, il gravit lentement les marches de l'escalier en se tenant au plus près de la rampe pour éviter le craquement des marches. La porte du bureau était bien fermée, telle qu'il l'avait laissée plus tôt. Il y colla l'oreille. Pas un bruit. Il avait dû rêver.

Jonathan, soulagé, se préparait à repartir lorsqu'un coup sourd retentit une nouvelle fois, comme si l'on avait frappé le plancher avec un bâton. Poussé par la curiosité et malgré l'angoisse qui l'étreignait, il tourna la poignée et poussa la porte qui s'ouvrit avec un grincement sinistre. Il faisait noir dans la pièce sauf…

Au fond, Pop était là, lumineux et tout blanc, spectre flottant dans l'obscurité.

— Pop, c'est vous qui frappez comme ça ? demanda-t-il d'une voix mal assurée.

Jonathan se rendit compte du ridicule de sa question mais ses démons le reprirent. La réponse de Pop retentit dans sa tête.

« *C'est moi, oui ! Nous n'avons pas fini notre petite conversation.* »

Un nouveau coup sourd retentit. Jonathan remarqua que sa main osseuse tenait un bâton. Il fit quelques pas en direction du squelette et s'arrêta, stupéfié par un Docteur Pop livide et phosphorescent à la fois, tranchant sur les ténèbres qui baignaient le bureau.

— Que voulez-vous Pop ? Nous nous sommes mis d'accord…

« *Pas du tout. Tu t'es enfui, croyant avoir réglé le problème. Je veux une décision définitive et nous nous y tiendrons.* »

— Mais… Il faut donner une chance à Emily. Et à moi. Elle est revenue vers moi. Pourquoi ne pas lui… pourquoi ne pas nous donner cette nouvelle chance ?

« *Pour que tu sois à nouveau ridiculisé dans les mois à venir ? À moins que l'inspecteur Wesley te passe les menottes pour le meurtre de Henry Pleshey ?* »

Encore le « Pleshey » rumina Jonathan qui sentit la colère l'envahir.

— Mais vous savez bien que c'est la vague qui…

« *Non ! Ce n'est pas la vague, c'est toi qui a saboté son gilet de sauvetage* » coupa Pop. « *Il n'y a qu'un moyen de t'en sortir et nous l'avons mis au point, tous les deux. Maintenant ! Tu entends ? Je ne te laisse plus d'autre choix !* »

— Pop, le gilet de sauvetage, c'était votre plan.

« *Tu crois que tu pourras raconter ça à Wesley ? Il va te rire au nez mon pauvre. Cette nuit, tu entends ! Tu fais comme prévu, on ne change rien !* »

Lempfig pesta contre Docteur Pop. Maintenant, il avait vraiment peur. Il aurait voulu s'enfuir. Ainsi Pop l'abandonnait et le livrait à la mort ou à la police et au déshonneur. Il ne lui laissait pas la moindre chance de reconstruire l'amour fou qu'il avait eu pour Emily lorsqu'il l'avait vue la première fois.

Non ! Il n'acceptait pas ! Il refusait ce cauchemar. Ses deux mains brandirent la batte et avec un grand cri il se rua sur le squelette et lui porta un premier coup sur les côtes.

— Pop, qui est ici, qui frappe le sol ? s'écria-t-il. Vous savez qui est entré ! Je veux savoir, répondez à ma question : qui est là ?

Il porta un second coup au squelette dont les côtes volèrent en éclats. Mais la peur dilata les yeux de Jonathan lors qu'il vit Pop brandir une barre qui s'abattit sur son crâne.

Lempfig tomba sur les genoux. La barre frappa encore son visage. La douleur fut insupportable. Il hurla. Jonathan tenta de lever sa batte et d'en donner encore un coup sur le bassin du squelette. Un formidable coup heurta sa tempe gauche, il entendit des os craquer. Hébété, retenu par sa batte, il leva les yeux et eut, dans un dernier regard, le temps de voir le squelette basculer sur lui. Il sentit quelque chose de chaud inonder son visage et son cou. Ce troisième coup eut raison de ce qui lui restait de vie.

Jonathan Lempfig avait vécu.

CHAPITRE 22

5 juin 1959

De retour à Victoria Embankment en compagnie d'Emily Lempfig qui ne s'était pas opposée à sa convocation, je me rendis dans le bureau de Michael Lee après l'avoir laissée dans une salle d'interrogatoire sous la garde d'un constable.

— Alors, comment cela s'est passé ?

— Sportivement, Monsieur. Elle a tenu à passer par la porte principale et a pris tout son temps pour répondre aux questions des journalistes en n'omettant pas de dire qu'elle ignorait les raisons de cette convocation.

— C'est une juriste et je crains qu'elle ne fasse appel à son avocat, sans doute son père. Mackenzie, voilà les mandats de perquisition. Précisez-lui qu'elle n'est pas personnellement concernée. Grieg est toujours chez elle ?

— Oui Monsieur.

— Faites lui porter les documents et appelez-le pour qu'il commence. Il faut absolument trouver le rapport de Gayle Winfrey. Ce sera capital pour l'accusation, surtout les photos. S'il ne les trouve pas chez Lempfig, qu'il aille à la faculté de médecine. Allez, faites vite.

J'entrai dans la salle d'interrogatoire, pas très à l'aise car de l'autre côté de la vitre, Lee observait certainement. Une fois le constable sorti, je m'assis face à Emily Lempfig. Je fus surpris pas son calme et surtout par son visage parfaitement impassible.

— Madame, vous êtes ici en tant que témoin…

— Mais inspecteur, je vous ai déjà tout dit concernant la mort de mon mari, je n'ai rien à ajouter.

— Il ne s'agit pas de sa mort, Madame. Il y a quelques temps, le Professeur Lempfig a reçu l'inspecteur Wesley de la police du Hampshire.

— C'est exact. Il m'a dit que cet inspecteur lui avait rendu visite à propos de la noyade de Henry Pleshey lors d'une régate à Cowes.

Je remarquai qu'elle était restée de glace lorsque j'avais prononcé le nom de Pleshey.

— Que vous a-t-il dit à ce sujet ?

— Très peu de chose. Il m'a paru ennuyé par cet accident mettant en doute ses qualités de skipper. Je suppose que Docteur Pop, son squelette anatomique, en a su plus que moi.

— Comment ça Madame ? Que vient faire le squelette dans cette affaire ?

— Inspecteur, Docteur Pop était depuis très longtemps, bien avant notre mariage, le confident de Jonathan. Il lui racontait tout, soucis, joies, tout vous dis-je. Demandez à son fils, je pense qu'il est au courant.

— Mais, il lui parlait…

— Il lui parlait à voix haute comme s'il s'agissait d'une personne vivante.

— Et que lui disait-il ?

— Je n'en sais rien. Son bureau était au-dessus de sa chambre et leurs entretiens –elle insista sur le mot entretiens– avaient lieu tard dans la nuit. C'était bien sûr un monologue mais il m'a dit une fois que Pop lui répondait.

Je ne pus m'empêcher de jeter un coup d'œil à la vitre sans tain.

— Mais quel rapport avec la mort accidentelle de Henry Pleshey ?

— Madame, je suis désolé de vous l'apprendre, mais la mort de monsieur Pleshey n'est peut-être pas accidentelle.

Emily Lempfig eut un haut le corps et son visage exprima une extrême surprise.

— Pas accidentelle ? Mais comment ? Mon mari était au courant ?

Là, elle ne jouait pas la comédie.

— Il apparaît que son gilet de sauvetage à gonflage automatique a été saboté. Les membres de l'équipage du « Njörd » et Kenneth Pleshey, son père, ont insisté sur le soin que Henry apportait aux problèmes de sécurité. Votre mari a d'ailleurs omis de dire à l'inspecteur Wesley qu'il l'avait nommé responsable sécurité lui-même. Tous les gilets de sauvetage de l'équipage étaient en bon état de marche sauf celui de monsieur Pleshey.

— J'ignorais vraiment... Ce n'est pas possible ! Et qui vous prouve que Jonathan est responsable ?

— Puisque votre mari « discutait » avec son squelette, peut-être avez-vous entendu quelque chose filtrer d'un étage à l'autre ?

— Mon mari et moi ne partagions pas la même chambre. De la mienne, je n'entendais rien.

— Et votre domestique Mary, aurait-elle pu surprendre...

— Certainement pas ! Mary occupe une chambre au rez-de-chaussée. En plus, elle est âgée et n'entends pas très bien, je vous l'ai déjà dit.

— Vous connaissiez bien Henry Pleshey ?

À cette question, Emily Lempfig se raidit et son visage redevint de marbre. J'avais touché un point sensible.

— Nous avons fait des études de droit ensemble. Ce n'était pas un étudiant très doué. Il était plutôt paresseux, je n'ai pas souvenir qu'il ait terminé ses études. C'était un passionné de la mer qui a fait un tour du monde, un excellent marin. Heureusement pour lui, son père est Directeur Général et lui a mis le pied à l'étrier aux Lloyd's. C'est d'ailleurs moi qui, au cours d'une soirée, l'ai présenté à Jonathan qui l'a embauché dans son équipage.

— Madame, quelles étaient vos relations avec Henry Pleshey ? Étaient-elles intimes ?

Emily Lempfig ne broncha pas. J'admirai son self-control.

— Inspecteur, cet « interrogatoire » en tant que témoin est terminé. Vous n'avez rien vous permettant de me retenir.

Elle se leva et se prépara à partir.

— Restez assise, Madame. Nous avons le rapport d'un détective privé commandé par votre mari. Henry Pleshey était votre amant.

Emily Lempfig sursauta et pâlit. Elle se rassit et, me regardant droit dans les yeux elle dit :

— De témoin, je deviens suspect ? M'arrêtez-vous ? Si c'est le cas, vous devez me dire mes droits et je vous informe que je ne parlerai plus sans la présence d'un avocat. Veuillez appeler mon père, Sir Spencer Compton.

Je me levai et quittai la pièce. Lee m'attendait avec un personnage que je ne connaissais pas. Il me le présenta comme substitut du procureur, chargé éventuellement de l'accusation. Je ne me rappelle plus son nom.

— Bien, Mackenzie. Nous avons appris pas mal de choses intéressantes. Relâchez-la, nous n'avons pour l'instant rien contre elle. Elle reste témoin pour Pleshey. Quant à son père, il a un énorme cabinet, c'est un as des tribunaux et, en l'état actuel des choses, l'accusation ne cherche pas à l'affronter. Signifiez-lui qu'elle est libre de partir. Néanmoins, demandez-lui si, toujours en tant que témoin, elle accepterait de nous donner des précisions sur Jonathan Lempfig et son attitude depuis qu'il savait que monsieur Pleshey était son amant. Il est essentiel que nous sachions si Lempfig a bien saboté le gilet de sauvetage de Henry Pleshey.

Je retournai dans la salle d'interrogatoire et l'informai de ces dispositions. Elle souhaita, avant de nous donner une réponse, en discuter avec son père.

*

Arthur Grieg revint bredouille de la perquisition effectuée au domicile d'Emily Lempfig. Pourtant lui et son équipe de constables spécialisés avaient fouillé, centimètre par centimètre le bureau et la chambre du docteur Lempfig. Les documents de Gayle Winfrey étaient introuvables. Le reste de la maison fut soigneusement fouillé sans résultat. Toutefois, le sergent ramena une information intéressante. S'il était impossible de situer l'endroit où Lempfig avait posé le squelette lors de la visite de Wesley, en revanche il avait la preuve qu'il avait été déplacé, l'empreinte du socle sur le tapis étant décalée par rapport à l'emplacement où il se trouvait.

Nous savions déjà que le fameux « confident », dans une pièce dont l'accès n'était pratiquement autorisé qu'au maître de maison, était intouchable. Son déplacement visible (Grieg avait fait prendre quelques photos) confirmait les dires de Wesley et constituait une preuve. Ces résultats furent communiqués à la police du Hampshire pour lui permettre d'étayer son enquête et déterminer si oui ou non Jonathan Lempfig était coupable de la mort de Henry Pleshey.

*

Et nous, que nous restait-il ?

— Pas grand-chose, répondit Murdoch d'une voix lugubre. D'un côté un squelette avec des os brisés, tenant dans l'une de ses mains une barre de fer assez lourde, maculée du sang de la victime, mais sans aucune empreinte digitale. De l'autre, une victime, peut-être un meurtrier, massacrée avec cette même barre. Ajoutons à cela une épouse infidèle qui semblait ignorer que son mari la suspectait et un amant peut-être assassiné par ce même mari. Je te plains G-Pa. Que pouvais-tu faire ?

— Plus que tu ne le penses mon garçon. Il nous restait la perquisition dans le bureau de Lempfig à la faculté et aussi l'interrogatoire de Kenneth Pleshey qui savait peut-être des choses intéressantes sur la liaison de son fils, la liste des hôtels où Emily Lempfig et Henry Pleshey se retrouvaient et enfin le rapport définitif du médecin légiste qui nous fut communiqué en fin de semaine.

— Comment ! s'écria Cate. Une semaine ! Mais c'est impensable ! Il avait pris des vacances votre médecin ?

J'éclatai de rire. Cate et Murdoch se regardèrent surpris par ma réaction.

— Mais ma fille, nous étions en 1959. Les « Experts Las Vegas » n'existaient pas encore. Le toubib n'avait pas de spectromètre de masse comme Abby dans « NCIS », les analyses de sang ne se faisaient pas en un claquement de doigt, il rédigeait son rapport à la main, une secrétaire le tapait ensuite à la machine…

— C'était le Moyen Âge ! éructa Murdoch.

Ils étaient amusants tous les deux. Ils ignoraient tout de la vie d'il y a soixante ans.

— Bon, on continue ?

— Il faut t'arrêter maintenant, G-Pa, dit Cate en se levant. Tu es fatigué, il se fait tard, tu as parlé pendant de longues heures en piochant dans tes souvenirs. Il est temps de te reposer.

— Mais ça va, Cate ! Je peux encore...

— Il n'en est pas question. Je me suis trouvée un grand-père adorable, je veux qu'il se ménage. Jane a préparé un souper léger pour nous trois. On se détend un peu et nous rentrons. Murdoch, tu es d'accord ?

— Bien sûr, répondit mon petit fils en refermant son carnet. G-Pa, ce n'est pas la peine de se presser. D'autant plus qu'il nous faut du temps pour digérer tout ce que tu nous racontes. Cate a réussi en peu de temps à finaliser les principaux personnages. Mais il y a les autres et tous les deux, nous travaillons sur le scénario qui avance plus lentement que ton récit. Chaque case décrit un moment, une scène importante, capable de représenter plusieurs minutes de récit.

J'avais compris. Mon monologue était la partie la plus simple du projet. Le reste reposait sur les épaules du jeune couple et surtout sur celles de Cate. Ils avaient besoin de temps pour parler des détails, de l'adéquation des textes et des dessins, du décor, de la posture et de l'expression des personnages. Hormis les albums de Tintin, Blake et Mortimer et même d'Astérix, je ne connaissais rien à la BD. Et je découvrais peu à peu que c'était un art extrêmement complexe.

— Vous avez besoin de beaucoup de temps ? demandai-je.

— D'un break d'une bonne semaine, G-Pa. Cela me permettra de finaliser mes affaires et de prouver à mon cher père que je ne suis pas le crétin qu'il a toujours vu en moi. C'est valable pour mes frère et sœur.

— Tu es dur, Murdoch. Ton père fait partie de ceux qui croient que la réussite passe par les diplômes et qu'artiste n'est pas un métier.

— Va expliquer ça à Picasso, Dali, Slaughter ou encore Aghata Christie, pour ne citer que ceux-là.

— Et ta mère ?

— Elle m'a mis un peu de baume. Mais elle aurait pu prendre mon parti et me défendre. Elle s'est soumise au « maître ». Il n'y a que toi et Granny, G-Pa, à m'avoir défendu.

Il avait raison, ce gamin. Noreen et moi, nous sommes même fâchés pendant des mois avec Donald et, si Moira n'avait pas joué les conciliatrices, je le serais sans doute encore.

Pendant que nous évoquions ces pénibles souvenirs, Cate avait dressé la table et réchauffé ce que Jane avait préparé. Le souper fut frugal, mais j'en profitai pour aborder des sujets plus agréables

— Je vais profiter de ces quelques jours pour rendre visite à l'Ambassade d'Australie.

Cate reposa sa fourchette et me regarda. Ses yeux pétillaient. Murdoch, qui buvait, avala de travers et fut pris d'une quinte de toux.

— C'est vrai, G-Pa ? demanda Cate. Tu vas venir ?

— Au moins quelques temps... Après... Je verrai.

Elle se leva, mit son bras autour de mon cou et me serra très fort.

— Si tu savais... Ça me fait tellement plaisir !

Murdoch, les yeux pleins de larmes, nous entoura tous les deux de ses bras.

CHAPITRE 23

Février 2016

Qu'elle me parut longue cette semaine ! Il est vrai qu'elle dura jusqu'au lundi suivant. Murdoch et Cate me téléphonèrent tous les jours pour prendre de mes nouvelles. Moira aussi m'appela. Elle s'inquiétait et insistait pour que j'aille passer quelques jours chez elle. Je la rassurai et lui promis de lui rendre visite le vendredi à l'heure du déjeuner. Ça l'arrangeait. Richard, son mari, étant en Allemagne pour son job, nous aurions le loisir de parler en tête à tête. Quant à Donald, il me passa un rapide coup de fil. Visiblement, il ne savait pas que son fils était à Londres.

Cette visite me permit d'évoquer avec elle la mémoire de Noreen. Elle nous manquait.

Pendant ces quelques jours, j'eus à supporter deux repas de famille et deux visites au cimetière. La famille a besoin de ça, pas moi. Le souvenir de Noreen est gravé dans ma mémoire. Ma femme vit dans mon cœur, elle n'est pas sous une pierre tombale.

Pour ne pas les choquer, j'ai joué le jeu. Je sais, c'est de l'hypocrisie. Mais, que ne fait-on pas pour être « convenable » ?.

Mon emploi du temps fut très chargé. Je rendis visite à mon médecin qui me trouva en bonne forme et ne vit aucune contre-indication à un voyage en Australie. Je me rendis aussi chez un couple d'amis, un peu plus jeunes que moi, qui avait fait un voyage là-bas l'année précédente. Ils me rassurèrent et m'encouragèrent à y aller. Moira vint me voir le lundi car elle préférait s'ennuyer avec moi plutôt que toute seule chez elle. Ma journée du mercredi fut illuminée par le passage de Cate.

Depuis l'arrivée de ces deux jeunes gens, je me sens revivre. Cate, c'est mon petit rayon de soleil qui entre dans la maison, même quand il pleut. Dès son arrivée, je me sentis... bien mieux.

— Comment vas-tu, G-Pa ? me demanda-t-elle après m'avoir embrassé sur les deux joues.

Puis, m'ayant pris par la main, elle me conduisit jusqu'à mon fauteuil favori et m'aida à prendre place. Son carton était plein de nouveaux croquis. Par quel miracle cette enfant, si jeune encore, réussissait-elle à représenter des personnages aussi bien ? Tout y était. Les silhouettes, les attitudes, les expressions et même les caractères et la personnalité des êtres. C'était bouleversant. Je regardai tous ces dessins en silence, pendant qu'elle scrutait mon visage d'un air inquiet.

— Je ne trouve pas les mots pour dire à quel point c'est... C'est bluffant, Cate !

Son visage se détendit. J'étais un peu honteux de ne pas avoir trouvé le mot exact pour définir ce que je ressentais.

Jane choisit ce moment pour apporter une théière. Elle jeta un coup d'œil sur les portraits éparpillés sur la table.

— Vous êtes une artiste, Mademoiselle Cate !

Elle disparut. Elle fit ce jour là le plus beau compliment à ma future petite fille.

Les jours qui suivirent furent ponctués par une visite au club, un déjeuner chez un ancien collègue et par une nouvelle visite inopinée de Moira qui voulait avoir de mes nouvelles. Nous parlâmes de la pluie et du beau temps, de nos santés et des soucis d'Elisabeth, sa fille, qui était en plein divorce après dix ans de mariage et trois accouchements. Ah ! J'allais oublier mon incursion à l'Ambassade d'Australie. Murdoch me passa un coup de téléphone le samedi pour confirmer qu'ils étaient libres le lundi 15 toute la journée. Un taxi viendrait me prendre à neuf heures. Je dois reconnaître que j'eus du mal à m'endormir. Quel gamin je fais !

*

Dès dix heures, nous étions au travail. Pendant une bonne heure, Murdoch me posa de nombreuses questions. Il voulait éclaircir tous les points de mon récit qui lui paraissaient obscurs. Puis il enclencha le petit dictaphone et prit son gros carnet.

— On t'écoute, G-Pa. On a toute la journée devant nous et un bon repas à la clef dans un petit restaurant dont tu me diras des nouvelles.

Je me calai dans mon fauteuil et commençai la suite de mon histoire.

*

5 juin 1959 dans la soirée.

Après avoir fait le point avec Michael Lee, je rentrai fourbu à la maison. Heureusement, tout l'amour de Noreen me redonna du punch. Elle avait d'ailleurs une bonne nouvelle à m'annoncer : son entrée comme associée dans un cabinet d'avocats grâce à un prêt que lui consentit la banque paternelle. Pour fêter ça, elle m'invita au restaurant afin de me changer les idées. En fait, ce ne fut pas le cas, car pendant le repas, on parla de mon enquête. Bien que ce ne fût pas très professionnel, je lui racontai en détail la suite des événements ne serait-ce que pour avoir son avis. Elle connaissait tous les rouages de l'affrontement entre accusation et défense lors d'un procès et l'importance de la preuve que doivent apporter les parties pour convaincre le jury. Je lui décrivis avec beaucoup de détails l'interrogatoire d'Emily Lempfig. Elle écouta sans dire un mot et réfléchit longuement avant de me donner son avis.

— Il y a quelque chose qui me chiffonne dans ton récit et il aurait été utile d'avoir les photos. Gayle Winfrey a dit que Emily ne « respirait pas la joie » lorsqu'elle était en compagnie de Pleshey. Elle a parlé avec une certaine indifférence de la disparition de son amant et a d'avantage réagi lorsqu'elle a compris que son mari pouvait-être suspect. Voyons Kyle, quelle femme fait la gueule lorsqu'elle va faire l'amour avec son petit ami ? Et ces hôtels plutôt… disons « discrets », quand on a comme maîtresse une femme comme Emily ? Ça fait bizarre, non ? N'oublie pas que cette femme n'est pas une prostituée.

Noreen avait raison. C'était insolite et je n'y avais pas prêté attention. Lee non plus d'ailleurs.

— À mon avis Kyle, il faut tirer cette histoire au clair. Il faut fouiner là. Tu auras sans doute une piste sérieuse si tu trouves une réponse à ces questions. Et Michael Lee n'y aura pas pensé.

Nous sommes rentrés tard. Noreen était magnifique et j'avais passé beaucoup de temps à la contempler au cours du repas. Ce fut cette nuit là que Moira fut conçue.

Murdoch et Cate échangèrent un regard complice à ces mots.

*

Le lendemain matin, Grieg se rendit avec toute une équipe à Cambridge. Il y passa toute la matinée et malheureusement ne trouva rien. Je ne sais pas pourquoi, mais je m'en doutais. Ou bien Lempfig avait détruit les documents, mais en ce cas pour quelle raison ? Ou bien sa femme avait mis la main dessus et les avait mis à l'abri pour éviter que les soupçons ne pèsent sur elle. Toutefois, elle n'était pas naïve au point de penser que le privé n'avait pas conservé des traces de ce rapport.

Il restait donc une possibilité. Et c'est Noreen qui me l'exposa le lendemain. Si l'assassin n'était pas Emily Lempfig, pourquoi ne pas supposer que le criminel avait mis la main sur ces photos et les avait fait disparaître ? Dans ce cas, l'épouse de Lempfig ne nous avait pas tout dit.

Mais pendant que Grieg fouillait le bureau de Lempfig à Cambridge, je reçus un coup de téléphone de Brian Smith, le légiste qui souhaitait me remettre son rapport définitif.

Je le reçus en fin de matinée dans le bureau d'un DCI[1] en mission.

— Inspecteur Mackenzie, bonjour, dit-il. Il s'assit dans l'un des fauteuils faisant face à la table où je pris place. Eh bien, vos deux cadavres m'ont donné bien du mal !

— Mes deux cadavres ?

— Bien sûr, le professeur Lempfig et son squelette, répondit-il en riant. Avant tout, l'heure du décès : entre deux et trois heures du matin. L'arme : c'est bien la barre de fer que nous avons retrouvée maculée de son sang et glissée entre les deux mains du squelette couché sur lui. Deux coups, non mortels, ont été portés de face et responsables d'une chute brutale de la victime sur les genoux. Le troisième coup, porté avec une violence inouïe, sur la tempe gauche a été fatal. Il a dû y survivre quelques secondes. Le meurtrier est incontestablement droitier. D'ailleurs, lorsqu'il a placé la barre dans les mains du squelette, il a placé la droite au dessus de la main gauche.

— Lui aussi, à votre avis, tenait la barre à deux mains ?

[1] Détective Chief Inspector : inspecteur en chef correspondant à un commandant en France.

— Difficile de le dire puisqu'on n'a pas retrouvé d'empreintes digitales sur l'arme. Les traces de sang sont disposées de telle façon qu'on peut supposer qu'il la tenait certainement d'une seule main.

— Une femme pourrait-elle être responsable du meurtre ?

— Si je dois répondre aux questions des avocats lors d'un procès, je répondrai non ! La barre est trop lourde, le coup à la tempe trop fort pour être manié par une main de femme. Maintenant, passons au squelette.

— Est-ce important ?

— Oui, inspecteur, car j'ai trouvé sur les os des côtes et du crâne de petits éclats de bois. Je pense que ce squelette a été frappé à plusieurs reprises avec un objet contondant AVANT la mort de Lempfig. La plupart des éclats de bois ont été recouverts par le sang de la victime et collés sur les os. Le squelette, après avoir été abîmé, a été couché sur le mort et la barre de fer a été glissée entre ses mains. Question : qu'est devenu cet objet contondant ? Et qui a frappé le squelette et pourquoi ?

Brian Smith se tut, visiblement satisfait de son exposé. Il me tendit un dossier cartonné contenant quelques feuillets dactylographiés en plusieurs exemplaires et quelques croquis.

— Voici mon rapport complet. Il est plus technique que ce que je vous ai dit mais vous savez l'essentiel.

Brian Smith se leva, me tendit la main et ajouta avec un sourire malicieux :

— Contrairement à ce que je vous ai dit l'autre jour, ce n'est pas le squelette qui a assassiné le professeur Lempfig.

Je le regardai s'éloigner, désespéré par son exposé des faits. D'un coup, il venait d'innocenter Emily Lempfig.

*

J'arrêtai là mon récit, intrigué par le sourire de Murdoch qui échangeait depuis un bon quart d'heure déjà des regards complices avec Cate.

— Qu'y-a-t-il ? Ai-je dit une sottise ?

Les jeunes gens se mirent à rire franchement.

— Eh bien ?...

— Excuse-nous, G-Pa, mais nous avons remarqué, depuis la dernière fois... quelque chose de bizarre.

— Ah !...

Qu'avaient dont remarqué mes deux chenapans ? Ce fut Cate qui répondit.

— Ne te vexe pas, G-Pa. Mais quand tu racontes les évènements, tu parles comme on ne le fait plus aujourd'hui. Ton expression est plus...

— Châtiée, voulez-vous dire ?

— C'est tout-à-fait ça ! s'exclama Murdoch.

— Excuse-moi, je ne me rends pas compte.

— Surtout, ne t'excuse pas ! Et continue sans rien changer. L'enregistrement, c'est pour conserver la manière dont tu dis les choses !

— Et si on s'arrêtait ? dit Cate. J'ai faim et c'est l'heure du lunch. Tu nous emmènes dans ton petit resto ?

— On dit restaurant, Cate, restaurant !

Elle me regarda et éclata de rire.

Pendant le repas qui fut excellent –cuisine française oblige– Cate parla beaucoup de son pays. Elle le dépeignit sans complaisance, sans omettre ses faiblesses. C'est justement ce qui me plut. C'est ce qui me donna envie d'y aller.

Au retour, je fis arrêter le taxi à un mile de chez moi. Le temps n'était pas trop mauvais et je pensais qu'un peu de marche nous aiderait à digérer. J'en profitai pour décrire les changements survenus dans ce quartier pendant les cinquante dernières années. Ils m'écoutèrent en silence, hochant la tête de temps en temps, étonnés, découvrant le Londres de ma jeunesse.

À peine arrivés, Jane nous proposa du thé. Il n'était pas encore cinq heures, mais après tout, après les restaurants étrangers, pourquoi pas le « five o'clock » à deux heures trente[1] ?

Jane me tendit ma tasse et je humai avec délectation l'odeur si particulière du Lapsang-Souchong. J'y trempai mes lèvres, il était un peu chaud. J'en profitai pour reprendre mon récit là où je l'avais laissé. Murdoch s'empara de son carnet et de son stylo. Cate démarra l'enregistrement.

*

Nous étions dans de beaux draps ! J'avais imaginé une Emily en colère, tuant son mari après avoir découvert qu'il était le meurtrier de son amant. Des soupçons pesaient sur le médecin pour l'affaire Pleshey, soit ! En revanche Brian Smith m'avait enlevé mes illusions sur l'éventuelle culpabilité d'Emily Lempfig. L'entrevue que j'eus le lendemain avec elle le confirma.

Lee nous convoqua pour faire le point. Il enrageait de ne pouvoir donner au procureur la moindre preuve apte à servir à l'accusation. La défense ne ferait qu'une bouchée de nos constatations. D'ailleurs il était exclu d'arrêter qui que ce soit à cet instant de l'enquête.

Michael Lee admit qu'on pouvait laisser le notaire procéder à l'ouverture du testament, autorisation que je transmis immédiatement. Gavin Walker, le notaire, fixa un rendez-vous aux deux parties intéressées le mardi suivant. Vu la situation, j'obtins un mandat pour y assister. Enfin, je terminai ma journée en informant Emily que je lui rendrai visite le lendemain. Je lui

---

[1] Le « five o'clock » est une institution en Grande Bretagne. À dix sept heures, on prend le thé et souvent une légère collation.

précisai que je l'interrogerai en tant que simple témoin. La présence de son avocat n'était donc pas indispensable.

Je sortis par une porte dérobée car un certain nombre de journalistes assiégeaient Victoria Embankment. La presse et les informations à la télévision se déchaînaient. Néanmoins, Lee n'eut pas recours aux services de Ramsey. Il convint que ce dernier n'aurait pas fait mieux que moi.

Le lendemain vers onze heures, je me rendis chez Emily Lempfig en évitant l'entrée principale. Malgré tout, je tombai sur trois journalistes un peu plus malins que les autres qui avaient appris qu'il y avait une entrée de service par derrière. Je parvins à m'en défaire assez facilement. C'est Mary qui m'ouvrit la petite porte d'accès et m'introduisit dans le magnifique salon où m'attendait la jeune veuve.

— J'espère que vous tiendrez parole, inspecteur et que c'est bien comme simple témoin que vous m'interrogerez.

— Rassurez-vous, Madame. Je cherche des réponses à des éléments troublants concernant votre mari.

Elle se détendit et demanda à Mary d'apporter du thé et des gâteaux secs.

— Je vous écoute, dit-elle en serrant son petit chien contre elle.

— Madame, le médecin légiste nous a remis son rapport définitif hier. Je passerai sur la mise en scène que vous avez trouvée il y a quelques jours. Toutefois, avez-vous connaissance d'un objet en bois dont votre mari se serait servi pour frapper et endommager son squelette anatomique ?

Emily Lempfig se redressa et posa l'animal entre l'accoudoir de son fauteuil et sa cuisse. Le chien la regarda et entreprit de lui lécher la main.

— Voyons, vous plaisantez ! Jonathan n'aurait jamais levé la main sur Docteur Pop. Je suis sûre qu'il lui faisait plus de confidences qu'à moi-même. Depuis des lustres, Pop était un

« ami ». Un vrai. Je vous l'ai déjà dit. Impossible qu'il l'ait frappé !

— Pourtant le squelette a reçu des coups qui lui ont brisé les côtes et le crâne. Ces coups ont été portés par un objet contondant en bois avant que votre mari ne soit tué avec la barre de fer que nous avons retrouvée entre les mains du squelette. Or, nous n'avons pas trouvé cet objet.

Emily réfléchit un long moment. Soudain elle releva brusquement la tête, prit son chien dans les bras et se leva.

— Suivez-moi. Vous pouvez enlever les scellés posés par le Sergent Grieg hier ?

— Oui, Madame si c'est nécessaire.

Je sortis du salon à la suite de Madame Lempfig qui m'entraîna dans le hall et emprunta l'escalier monumental conduisant au premier étage. Elle s'arrêta devant la chambre de Jonathan Lempfig et posa le chien devant la porte. Le loulou se mit à geindre et à gratter la porte. Je fis sauter les scellés et une fois dans la chambre, Emily se dirigea vers un coin de la pièce, tendit la main et poussa un cri de surprise.

— Sa batte ! Sa batte n'est plus là ! Est-ce vous qui l'avez ?

— C'est une batte de cricket ?

— Evidemment ! répondit-elle vivement. Qu'en avez-vous fait ?

— Désolé Madame. Nous ne l'avons pas trouvée.

— Il y tenait et la conservait ici. Il n'y jouait plus depuis longtemps mais il y tenait. Où est-elle ?

Elle me regarda d'un ait effrayé.

— Mais que s'est-il donc passé ici que ni moi, ni Mary n'avons entendu ? s'écria-t-elle.

— Redescendons Madame. L'atmosphère de ces lieux est sans doute pénible pour vous.

Un plateau nous attendait dans le salon. Emily Lempfig reprit sa place et son loulou se coucha à ses pieds. Mary nous servit généreusement et déposa un plat en argent plein de petits gâteaux et de friandises.

— Servez-vous, inspecteur. Je ne comprends pas, je ne comprends pas. Mary n'a rien entendu, mais c'est normal. Sa chambre est au rez-de-chaussée et elle entend mal. Mais moi… Je suis au premier et j'ai été réveillée par… Mais sur le coup, j'ai pensé que j'avais rêvé. C'est l'agitation de Mister Hyde qui m'a inquiétée.

— De votre chambre, vous entendiez ce qui se passait dans le bureau de votre mari ?

— Non. Une partie du bureau recouvrait la chambre de Jonathan. De sa chambre, on pouvait entendre, pas de la mienne.

— Madame, le médecin légiste est formel. Le squelette a été détruit par un objet en bois avant le meurtre de votre mari.

— Il y avait donc quelqu'un avec lui ?

— Oui, celui qui l'a tué.

Le silence s'installa et soudain, je remarquai quelque chose dans les gestes d'Emily Lempfig.

— Vous n'avez pas eu de problème à l'école ?

Elle me regarda, les yeux ronds, stupéfaite par ma question.

— Pardon ? Qu'est-ce que cela… non… de quels problèmes parlez-vous ?

— Si mon beau-père n'était pas intervenu avec vigueur, ma femme aurait été obligée d'écrire de la main droite.

Emily sourit.

— Ah, vous avez remarqué. Oui, je suis gauchère et je prends ma tasse de la main gauche. Mon père aussi a dû intervenir pour qu'on me laisse écrire avec cette main. C'était… mal vu à l'époque. Mais je ne vois pas…

Elle devint toute rouge et pointa son doigt vers moi.

— J'ai compris ! Votre médecin vous a dit que Jonathan a été tué par un droitier !

Décidément, Emily serait redoutable lorsqu'elle recommencerait à plaider.

— Cette information vous permet-elle de soupçonner quelqu'un, Madame ?

Elle fit une moue.

— Absolument pas !

— Voyez-vous qui votre mari aurait pu faire entrer dans la maison ce soir là ?

— Je ne sais pas, c'est impossible. Personne ne nous a rendu visite. Les portes n'ont pas été fracturées… Je ne vois pas.

— Bien, Madame. Je vais vous laisser. Je vous demanderai de ne pas retourner dans la chambre de votre époux jusqu'à nouvel ordre.

Je retirai de cette visite deux informations importantes. D'une part, Brian Smith, le légiste, avait raison. Emily Lempfig n'avait pas perpétré le meurtre elle même. Elle était gauchère. D'autre part, je commençai à croire sérieusement que le meurtrier était dans la maison, sans doute dissimulé quelque part, depuis un certain temps. Comment était-il entré ? Mystère. Nous avions bien, au début de l'enquête, envisagé la duplication de l'une des clefs. Mais dans une ville comme Londres, faire le tour des serruriers n'aurait rien donné, d'autant plus que ce n'était pas des clés de sureté.

*

Je m'arrêtai et observai mes deux tourtereaux. Cate avait posé sa main sur celle de Murdoch qui tenait encore son stylo mais ne prenait plus de notes depuis pas mal de temps déjà. Leurs yeux étaient rivés sur mon visage. Bouche ouverte, respirant à peine, ils avaient l'air dans un état second, en demi-veille. Presqu'une minute s'écoula avant que Cate, la première, ne recouvrît ses esprits.

— Hé, chéri, tu n'écris plus...

— Zut ! J'ai oublié de noter... Je suis désolé...

— Ça n'est pas bien grave, dis-je en riant, vous avez l'enregistrement.

Deux gamins pris les doigts dans le pot de confiture...

Murdoch se mit à écrire frénétiquement sur son calepin. Cate se jeta sur son petit magnétophone numérique, en cala l'écouteur dans son oreille droite et, le visage tendu, écouta l'enregistrement. Au bout de quelques instants, elle arrêta Murdoch.

— Laisse, tout est là... ne t'inquiète pas.

Le visage de mon petit fils se détendit.

— OK, mais il faudra faire une sauvegarde sur le Mac, on ne sait jamais.

Cette information détendit l'atmosphère. Depuis quelques minutes, je les observais et m'amusais à leurs dépens. Ils s'en rendirent compte et les joues de Cate s'empourprèrent.

— Ça va, G-Pa, dit Murdoch. On s'est fait avoir par le récit. On s'arrête un peu et on reprend.

Je jetai un coup d'œil par la fenêtre. Le temps s'était couvert, la pluie n'allait pas tarder, la nuit tombait déjà.

— Je ne sais pas... dis-je en prenant un air mystérieux.

Murdoch me jeta un coup d'œil interrogateur.

— Je ne sais pas si je vais continuer... ce soir.

— Mais... Pourquoi ?

— Attends, Murdoch. Ton grand-père a raison. Il parle depuis longtemps, fait des efforts de mémoire. C'est fatigant, tu sais.

— Non, ce n'est pas pour ça... Le « suspens »... vous savez bien ce qu'est le « suspens » ? Eh bien, je vais faire un caprice et vous faire attendre jusqu'à demain.

Je me mis à rire en voyant la mine déconfite de Murdoch qui, tout comme Cate, ne put garder son sérieux plus longtemps.

Le reste de la soirée se passa dans la bonne humeur et cette fois, je me tus et écoutai mes petits amoureux me raconter leurs aventures et leur rencontre.

CHAPITRE 24

16 février 2016

Le lendemain, de bonne heure, je fis un saut à Marble Arch[1]. Je connaissais bien le patron d'une agence de voyage. Pendant quelques années, Noreen et moi avions profité de ses conseils pour visiter, dans d'excellentes conditions, quelques pays de rêve.

Lorsque je lui exposai mon projet, il se montra d'abord réticent et invoqua la fatigue du déplacement, les longues heures de vol, le décalage horaire et le changement brutal de climat. Passer d'une saison à son opposé en une trentaine d'heures ne lui paraissait pas très prudent pour une personne de mon âge.

Il entendit toutefois mes arguments, comprit mes raisons et se rasséréna après l'avoir assuré que mon médecin m'avait donné son feu vert.

Pour moi, il importait d'aller là-bas sans inquiéter mes enfants. J'imaginais les réactions de Moira et Donald apprenant que j'allais en Australie retrouver Murdoch et sa fiancée qui allaient faire de ma vie une ou plusieurs BD. À quatre-vingt-six ans ! C'était le billet d'entrée à l'hôpital psychiatrique ou l'asile de vieillards. Je devais donc trouver une raison... disons « politiquement correcte », acceptable par mes enfants. Mac

---

[1] Arc de triomphe en marbre blanc du 19ème siècle situé au Nord-Est de Hyde Park.

Allister, le patron de l'agence, comprit l'enjeu et me promit de trouver une solution rapidement.

De retour chez moi, j'eus la mauvaise surprise de trouver Moira, passée sans prévenir. Je prétextai d'un besoin pressant –ça marche toujours quand on est vieux, les gens pensent qu'on a tous des problèmes de prostate– pour m'isoler et appeler Murdoch. Bien m'en prit. Cate venait de partir pour me montrer le « rough »[1] de sa première planche. C'est du moins ce que je compris, car j'ignore tout du vocabulaire et des techniques de la bande dessinée.

Murdoch se chargea d'appeler Cate pour lui demander de rebrousser chemin. Pour l'instant, nous voulions conserver tout cela secret.

Lorsque je revins dans le salon, Moira avait une tasse de thé à la main.

— Eh bien ma princesse, quelle est la raison de cette visite inattendue ?

Ayant reposé sa tasse sur la table basse qui nous séparait, elle me regarda un long moment en silence. Je soutins son regard et attendis.

— Ça ne va pas, Papa ! Ça ne va vraiment pas !

Et elle éclata en sanglots.

Je ne l'avais jamais vue dans cet état. Je m'assis à côté d'elle et l'entourai de mes bras. Elle posa sa tête sur mon épaule et, entre deux hoquets, elle réussit à me dire : « Richard a une maîtresse. Il me quitte et demande le divorce ».

Je n'en fus pas étonné. J'ai toujours considéré mon gendre comme un goujat. Depuis des années, Noreen et moi pensions que ses voyages d'affaires à l'étranger avaient bon dos. Depuis un an, il passait beaucoup de temps en Allemagne, à Berlin en

---

[1] Terme anglais souvent employé dans le domaine artistique ou publicitaire pour désigner un brouillon.

particulier. Jusqu'alors, ses déplacements couvraient une bonne dizaine de pays en Europe.

Moira se calma peu à peu et me raconta comment elle avait appris son infortune. Ce matin, Richard, au cours du breakfast, lui avait annoncé sans aucune précaution qu'il prévoyait de déménager à Berlin.

Ahurie par cette nouvelle, elle argumenta qu'elle lui demanderait un peu de temps pour se faire à cette idée. Partir pour un pays où elle n'avait jamais mis les pieds, dont elle ne connaissait pas la langue, loin des enfants...

Il avait coupé court en lui disant, d'un air cassant, qu'il avait une maîtresse beaucoup plus jeune qu'elle et qu'il avait l'intention de refaire sa vie. Au moment où elle allait demander des explications, la sonnerie avait retenti. Un taxi, pour l'aéroport. Il avait juste dit que son avocat prendrait contact avec elle pour le divorce. Puis il était sorti sans un regard et sans bagage.

Abasourdie, elle s'était assise dans son salon, secouée par un tremblement nerveux et elle avait pleuré, pleuré longtemps. Et puis, elle était venue... ici, pour voir son père.

— Mais... Bon tu as eu raison de venir, ma chérie. Mais... as-tu prévenu les enfants ?

— Non, je n'en ai pas eu le courage, Papa. Je ne sais pas comment leur annoncer ça. C'est si brutal, ils vont tomber de haut. Ils adorent leur père...

— Veux-tu que je les appelle ?

À ce moment, le téléphone sonna. Au bout du fil, je reconnus la voix rauque de Donald.

— C'est toi, Papa ?

Cela faisait pas mal de temps que mon fils avait cessé de m'appeler « Papa ». En fait, il ne « m'appelait » plus lorsqu'il s'adressait à moi. Depuis plusieurs années, nos relations étaient tendues, surtout depuis qu'il avait saisi qu'il n'endosserait jamais l'habit de commandant de la Police Métropolitaine. En fin de carrière, alors que j'étais patron du crime au Yard, je ne lui avais pas donné le coup de pouce nécessaire. Tout simplement parce qu'il n'en était pas capable. Il n'avait pas compris le principe de Peter[1] et m'en avait beaucoup voulu.

— Oui, qui veux-tu que ce soit ?

— Sais-tu où est ma sœur ?

— Elle est là, pourquoi ?

Long silence.

— Richard m'a appelé de l'aéroport.

Nouveau silence.

— Il m'a dit qu'il... la quittait et allait s'établir en Allemagne. Comment va-t-elle ?

— À ton avis, Donald ?

— Il faut qu'elle prenne un bon avocat.

— C'est évident. Mais avant tout, elle a besoin du soutien de toute sa famille et de ses enfants, Donald.

— Ils sont prévenus ?

— Pas encore.

Cette journée, mal commencée, ne me permit pas de voir Murdoch ou Cate. Le temps passa vite. Mes petits enfants ramenèrent leur mère chez elle. De mon côté, je fis jouer mes relations pour trouver LE bon avocat capable de défendre efficacement les intérêts de Moira.

Ces évènements contrariaient mes projets et je me mis au lit, le soir, de méchante humeur. Mais la nuit porte conseil, dit-on...

*

---

[1] Selon ce principe, « dans une hiérarchie, tout employé a tendance à s'élever à son niveau d'incompétence et, avec le temps, tout poste est un jour occupé par un employé incapable d'en assumer la responsabilité » (Laurence J. Peter)

— Il y a quelque chose qui ne va pas, G-Pa !

— Tout va bien, Cate…

— Non, G-Pa, tu n'es pas... comme d'habitude.

Murdoch referma son carnet, regarda sa fiancée puis me dévisagea.

— Heu... Cate... Qu'est-ce qui te fait dire ça ? Il est comme d'habitude !.

Comme la plupart des femmes, Cate avait ce petit quelque chose qui leur permet de deviner ce que les hommes ne voient pas. Elle avait raison. Je n'étais vraiment pas dans mon assiette et elle l'avait senti. Je retrouvai chez elle ce qui m'avait toujours étonné chez Noreen : cette finesse intuitive qui neutralise nos mensonges. C'est d'ailleurs la raison pour laquelle j'ai toujours apprécié les femmes flics. Lorsqu'à la sortie d'un interrogatoire elles disent : « il ment ! », on peut leur faire confiance. Elles ont raison.

— C'est vrai, Murdoch, ça ne va pas bien, dis-je d'un air piteux.

— La visite de ta fille, hier ?

Je regardai Cate et lui souris. Un sourire... Non, plutôt un rictus.

— Oui. J'ai mal dormi cette nuit à cause de ça.

Un long silence gêné s'installa. Puis, je pris mon courage à deux mains et leur racontai en détail ce qui s'était passé la veille. Ses pleurs, comme lorsqu'elle était petite, son désespoir de n'avoir rien vu venir, aveuglée par son amour pour Richard. Ses enfants, mes petits enfants, venus pour la réconforter et l'entourer de leur amour. Oui, ça m'avait secoué. Et mon projet de voyage en Australie qui tombait à l'eau, car il n'était pas question que je l'abandonne à son malheur et à sa peine.

Lorsque j'eus fini, le silence retomba.

Cate se leva, vint s'asseoir près de moi et me prit doucement les mains.

— G-Pa, j'aimerais beaucoup rencontrer Moira. Ne pourrait-on déjeuner ou dîner avec elle ? Qu'en penses-tu, Murdoch ?

La question sembla réveiller mon petit fils qui sursauta. Il ne s'attendait sans doute pas à cette proposition. Il ne portait pas plus sa tante dans son cœur que son propre père. Il n'était toujours pas prêt à rencontrer Donald à qui il cachait sa présence à Londres. Il connaissait les bonnes relations que Moira entretenait avec son frère. Il doutait qu'elle gardât le secret de son séjour dans la capitale.

— Elle ne dira rien à ton père si je le lui demande, dis-je.

— G-Pa, ta fille va avoir besoin de toi dans cette épreuve autant que de ses enfants. N'abandonne pas ton projet de voyage. Mais viens avec elle. Il faut qu'elle se change les idées. Tu seras avec elle et elle fera la connaissance d'un neveu bien différent de celui qu'elle croyait connaître.

Cate avait raison. Je retrouvai en elle toute l'intelligence, la finesse, la générosité de Noreen. Je la pris dans mes bras et la serrai très fort.

Murdoch se leva.

— Et si nous allions faire un tour ? Il y a un rayon de soleil et il ne fait pas trop froid...

— Non ! Cate m'a redonné le moral. Reprends ton carnet. Je continue mon récit.

*

Grieg ne retira rien de ses visites dans les quelques hôtels dont Gayle Winfrey nous avait donné la liste. C'étaient pour la plupart des établissements sans réputation, réservés à une clientèle plutôt libertine. Les registres étaient mal tenus, souvent fantaisistes et inexploitables. Dans l'un d'eux cependant, le réceptionnaire reconnut les photos que le sergent lui présenta. Il est vrai que ce concierge était un de nos indicateurs habituels. Il précisa qu'Emily et Henry venaient une ou deux fois par semaine. D'après lui, ils ne semblaient pas amoureux et d'ailleurs il comprenait mal pourquoi ils couchaient ensemble vu la tête que faisait la dame.

Kenneth Pleshey me reçut le jour même en fin d'après-midi dans son luxueux hôtel particulier de Queen's Gate[1]. Pensant que ma visite avait un lien avec la mort de son fils, il fut ahuri lorsque j'abordai la relation que ce dernier entretenait avec Emily Lempfig et se fâcha presque. Je le calmai en lui disant que cette relation avait sans doute un lien avec la disparition de Henry Pleshey.

— D'abord, Monsieur, étiez-vous au courant de cette liaison ?

— Mais absolument pas, répondit-il en assenant un coup de poing sur sa table. Mais maintenant, je suis convaincu que Henry a été assassiné par ce Lempfig. Quand je pense que ce monsieur a été pressenti pour le Nobel !

— Vos relations avec votre fils… Quelles étaient-elles ?

— Mais excellentes ! Je ne comprends pas, je ne comprends pas !

Il appuya sur une sonnette. Une servante entra une minute plus tard.

— Joy, voulez-vous demander à Madame de venir vite. C'est très important.

Cinq minutes plus tard, une grande femme d'une maigreur à faire peur entra dans la pièce. Pâle, blonde, le visage défait, habillée de noir, on voyait qu'elle avait beaucoup pleuré.

— Betty, l'inspecteur Mackenzie de Scotland Yard vient de m'apprendre que Henry était l'amant d'Emily Lempfig.

La dame se cassa en deux, porta une main à son ventre, l'autre à sa bouche pour étouffer un sanglot. Je n'oublierai

[1] Rue longue d'un kilomètre, située près de Kensington Gardens. Le N° 2 a abrité le comédien Benny Hill de 1960 à 1986.

jamais la détresse de cette femme. Kenneth Pleshey se leva et l'aida à s'asseoir dans un fauteuil. Elle me regarda un long moment en silence et, d'une voix tremblante et à peine audible, dit :

— Alors c'est vrai ? Ce monstre a bien tué notre fils ?

— L'affaire est compliquée, Madame. Notre enquête recoupe celle de la police du Hampshire. En fait, nous savons maintenant que votre fils Henry était l'amant d'Emily Lempfig.

— Mon Dieu, s'exclama Betty Pleshey. Il avait donc une bonne raison de le tuer.

Elle se mit à pleurer silencieusement. Je me tournai vers son mari.

— Que saviez-vous de cette liaison ?

— Absolument rien. Henry occupait trois pièces au rez-de-chaussée. L'une d'elle a une entrée séparée. L'inspecteur Wesley les a visitées et n'a rien trouvé pour son enquête. Si cette Madame Lempfig est venue ici, nous n'en avons rien su.

— Monsieur, votre fils vous a-t-il parlé de ses activités nautiques ?

— Il naviguait beaucoup. Tout était bon pour prendre la mer et il a participé à de nombreuses régates transocéaniques. Ses études de droit n'ont pas été très brillantes à cause de ça. C'est à l'université qu'il a fait la connaissance de Madame Lempfig (elle ne s'appelait pas comme ça à l'époque), mais je crois qu'il n'y a rien eu entre eux.

— Mais nous n'en savons rien ! s'exclama Madame Pleshey. Henry a toujours été très discret sur ses relations féminines. D'ailleurs, il ne nous en a jamais présenté une seule.

— C'est vrai, dit son mari. Toutefois, il y a environ six mois, il nous a dit avoir revu cette jeune femme, mariée à un savant futur prix Nobel, qui avait un grand bateau et qui cherchait un équipier. Ils se sont rencontrés et ont fait affaire. Et ce Jonathan Lempfig a même confié à Henry la responsabilité de la sécurité à bord. C'était d'ailleurs sa spécialité. C'est lui qui a introduit les gilets de sauvetage à cartouche à bord du bateau, comme il l'avait fait sur d'autres.

— Vous voulez dire qu'avant son arrivée sur le voilier du professeur Lempfig…

— C'étaient des ceintures anciennes qui gênaient les mouvements.

— Il entretenait donc ce matériel et le vérifiait régulièrement ?

— Bien sûr et il était très à cheval là-dessus. Il a vu à plusieurs reprises des membres d'équipage emportés par une lame. Il savait les difficultés pour les récupérer.

Je restai un moment silencieux.

— Monsieur, m'autorisez-vous à visiter le logement de votre fils ?

Kenneth Pleshey regarda sa femme qui acquiesça.

Ces trois grandes pièces comprenaient une grande chambre, un salon et une salle de bain. Un réduit servait de cuisine, mais visiblement Henry Pleshey ne devait pas y passer beaucoup de temps, sinon pour le breakfast. Je fouinai une bonne heure dans ses affaires –ni le père, ni la mère n'avaient souhaité m'accompagner– mais je ne trouvai rien sur sa relation avec Emily. Même les nombreux albums contenus dans une commode du salon ne contenaient pas une seule photo d'Emily Lempfig. C'était à ne rien y comprendre. Je pris congé en leur promettant de tout faire pour aider l'inspecteur Wesley à résoudre cette affaire.

Mais pourquoi donc Emily et Henry étaient devenus amants et se rencontraient dans des hôtels minables ?

*

— Formidable ! s'exclama Murdoch alors que Cate applaudissait à tout rompre.

J'en tirai quelque fierté. Je ne me savais pas aussi bon conteur, capable de soulever un tel enthousiasme chez des jeunes gens plutôt sensibles aux effets spéciaux des films et des séries télévisées. Après tout, Star-Wars ou le Seigneur des Anneaux étaient bien plus palpitants que ma petite histoire où, depuis le début, je n'avais pas le beau rôle. Mais ce qu'ils ignoraient, c'est que ce n'était pas fini.

— Ho ! Murdoch ! m'écriai-je. L'histoire n'est pas finie !

Grand silence... Ils me regardent tous les deux comme si j'étais une bête curieuse. Suis-je sérieux ?

— Ce n'est pas fini ? demande Cate d'une petite voix.

J'en profite pour ménager mes effets en regardant ma montre. Il est tard et la nuit est tombée. Il ne reste plus qu'une page au carnet de mon petit fils et Cate jette un coup d'œil inquiet à son dictaphone. Moi, je me sens en pleine forme et j'aimerais bien finir ce soir. Ne serait-ce que pour m'occuper un peu plus de Moira qui en a bien besoin.

— Si on se nourrissait un peu ? On pourrait reprendre après avoir mangé.

—Tu n'es pas fatigué, G-Pa ?

Cate se conduit comme une vraie petite fille. Je l'adore la fiancée de Murdoch.

— Non, au contraire, je suis en pleine forme. On se boit un petit Cardhu, Murdoch, avant de dîner ?

— Ce n'est pas raisonnable, G-Pa, dit Cate en agitant le doigt.

— Un tout petit, avec de l'eau bien fraîche, dis-je en riant...

Le petit dîner se termina assez tard pour que je n'aie pas envie de continuer. Un coup de fatigue un peu brusque. Sur le coup de 10 heures, ils me reconduisirent chez moi. Je m'endormis rapidement et ce fut Jane qui me réveilla le lendemain matin.

Vers 10 heures je reçus un coup de téléphone du patron de l'agence de voyage. Il me proposa, pour un prix acceptable, de participer à un tour australien organisé pour des fonctionnaires de police retraités. Départ dans deux mois. Il me précisa que je ne serais pas le plus âgé. Il y avait toutefois une condition pour les gens de plus de quatre-vingts ans. Ils devaient être accompagnés par une personne de confiance, membre de la famille ou non.

Je pensai tout de suite à Moira. Je lui téléphonai dès mon retour à la maison et lui demandai si elle voulait venir déjeuner le lendemain pour rencontrer Murdoch et Cate. Elle accepta avec empressement et me promit de n'en parler ni à ses enfants, ni à Donald et sa famille. J'étais tranquille, elle serait muette.

*

Jane avait bien fait les choses. Le repas était prêt et il promettait d'être excellent. Moira arriva la première, très excitée par l'idée de rencontrer son neveu et sa fiancée. Je lui avais fait un portrait d'un Murdoch qu'elle ne connaissait pas, tant il était différent de l'idée qu'elle s'en faisait. Et puis, il y avait cette Cate dont je lui avais dit grand bien. Lorsque la sonnette retentit, je la laissai se précipiter pour accueillir mes petits tourtereaux. Murdoch fit les présentations et … le charme naturel de Cate fit son effet. Au bout d'une heure, on aurait dit qu'elles se connaissaient depuis toujours.

Un premier article fort long paru dans la revue « Nature » sous la signature de son neveu la sidéra et elle promit d'assister à sa conférence qui devait avoir lieu la semaine suivante. Vint enfin, pendant le repas, la question du projet porté par les enfants. Moira fut surprise par le talent de Cate et s'exclama devant les premiers « roughs » de la future bande dessinée, les portraits définitifs des différents personnages. C'est à cette occasion que j'exposais à ma fille mes projets de voyage.

Son visage se ferma, mais lorsque je lui expliquai que je souhaitais l'avoir à mes côtés, elle accepta. Je fus même très surpris par la rapidité de sa décision. Ce fut quelques jours plus tard qu'elle m'expliqua pourquoi.

Une fois le repas terminé, je vis que les amoureux étaient impatients de m'entendre poursuivre mon récit. Quant à Moira, elle était ravie. Pour la première fois, elle allait entendre mon récit d'une enquête menée lors de mes toutes premières années de flic. Je n'en parlais jamais à la maison et même Donald n'en connaissait que ce qu'il avait entendu dire par des collègues. J'abordai donc l'un des derniers épisodes de cette histoire, l'ouverture du testament de Jonathan Lempfig.

*

Pour la forme, nous avions obtenu un mandat pour assister à la lecture de ce fameux testament dont nous connaissions, contrairement aux intéressés, les grandes lignes. Emily et Edward se saluèrent d'un signe de tête à leur arrivée et prirent place face au notaire. J'étais debout dans un coin de la pièce, face à eux, bien placé pour voir leurs réactions.

Paradoxalement, je n'ai retenu que les grandes lignes de cette réunion sauf un moment particulier. Le notaire s'assura de l'identité des personnes qu'il avait convoquées, décacheta l'enveloppe et commença la lecture de la lettre olographe qui avait été rédigée dans son cabinet une quinzaine de jours plus tôt.

Emily eut un haut-le-corps lorsque Maître Walker en annonça la date. Elle comprit tout de suite ce qui l'attendait.

Le texte annonçait que tout ce que Lempfig possédait, y compris son assurance vie, était légué à Edward Lempfig, fils qu'il avait eu de sa première femme. Il justifiait ce changement dans ses dispositions testamentaires par l'inconduite de sa femme Emily qui l'avait déshonoré. Il consacrait quelques lignes à son fils, lui demandant de le pardonner pour l'avoir si durement négligé et pour avoir abandonné sa mère dans ses derniers moments. Il terminait sa lettre par : « j'ai été ensorcelé ». Pas un mot pour Emily.

Emily était assise. Le mouvement saccadé de sa poitrine exprimait sans ambiguïté sa déception, sa colère et, en même temps, sa résignation. Avocate, elle avait compris, à la lecture du document, que son mari avait pris toutes les précautions pour que ses ultimes décisions ne puissent être contestées. Pâle, elle se leva et se tourna vers son beau-fils.

— Edward, je vous prie de me laisser une semaine pour débarrasser mes affaires.

Edward Lempfig, visiblement abasourdi par les dispositions de son père qui faisaient de lui un homme très riche, se leva et se tourna vers sa belle-mère.

— Je vous en prie, prenez le temps qu'il vous faut.

Emily Lempfig sortit et claqua la porte. Je regardai Edward qui s'était rassis. Les yeux dans le vague, il semblait douter de ce qui lui arrivait. Je m'avançai vers lui et pris le siège où était assise Emily quelques instants plus tôt.

— Vous n'étiez absolument pas au courant ?

Il me regarda, l'œil inexpressif.

— Non Monsieur. Mon père ne m'avait rien dit.

Puis il se leva et s'approcha de moi.

— Y-a-t-il des éléments nouveaux concernant son… décès ? demanda-t-il d'une petite voix tremblante.

— Je suis désolé, pour l'instant… Non. Mais je voudrais vous voir dès que possible après les obsèques de votre père pour m'entretenir avec vous de nos préoccupations et de celles de la police du Hampshire. Je vous laisse à votre peine et je vous recontacterai dès que possible.

*

Jane nous annonça que tout était prêt pour le « Five o'clock ». Cette interruption venait à point pour détendre l'atmosphère. Mes trois auditeurs étaient bouche bée, les yeux ronds et le visage tendu vers moi. Heureusement, Cate n'avait pas oublié de mettre le magnéto en marche car, depuis une bonne heure, ni elle, ni Murdoch ne griffonnaient plus rien sur leurs carnets respectifs. Quant à Moira, une larme coulait sur sa joue.

— Eh bien, ma fille, que se passe-t-il ? Ce n'est pas si triste !

Elle renifla avant de me répondre.

— Papa, pourquoi tu ne nous en as jamais parlé ? Tu racontes si bien.

Je la regardai, déconcerté par sa question.

— Mais… Je pensais que ça ne vous intéresserait pas. Eh puis, mes activités et celles de votre mère étaient soumises au secret professionnel.

— Tu en parlais avec maman ?

— Oui lorsque j'avais besoin de son avis d'avocate. Elle m'a souvent aidé à ne pas faire de bourde lors d'une enquête et surtout à toujours rechercher la preuve irréfutable. Allez, parlons d'autres choses pendant cette pause, ça nous détendra.

Moira s'installa à côté de Cate et elles papotèrent de choses et d'autres pendant que Murdoch me parlait de ses projets professionnels. Articles, films, conférences et, bien sûr, bande dessinée. Il n'allait pas s'ennuyer le gamin !

Je repris une heure plus tard pour un récit qui se termina tard dans la nuit. J'étais très fatigué. D'ailleurs, Moira et les enfants n'ont pas voulu me laisser seul et ont passé la nuit à la maison.

*

10 juin 1959

Le lendemain matin de bonne heure, Michael Lee me convoqua dans son bureau pour m'informer que nous avions une importante réunion à quatre heures avec le premier substitut du Procureur. Grieg devait être présent et Wesley avait été invité à y participer. Nous devions réunir tout ce que nous avions sur cette affaire afin de déterminer si nous pouvions inculper quelqu'un de l'assassinat de Jonathan Lempfig. Il avait déjà prévu pour le lendemain une conférence de presse afin d'exposer aux journalistes en plein délire les conclusions de l'enquête et les faire taire.

Avec Grieg nous avons passé la matinée à réunir tout ce que nous avions recueilli. Devant le manque de preuves patentes, c'était un « Cold Case »[1].

En début d'après-midi, l'inspecteur Wesley nous rejoignit. La police du Hampshire avait remis au procureur des conclusions corroborant la thèse de l'accident. De toutes les façons, dans cette affaire, la seule personne suspectée était décédée. Les parents de Henry Pleshey avaient mal pris la chose. Mais Wesley ne les voyaient pas se venger de Jonathan Lempfig, pas même de payer quelqu'un pour s'en charger. J'abondai dans son sens.

Alors, qui avait tué Jonathan ?

Il était établi que ce n'était pas Emily, sa femme. Le rapport d'autopsie était formel. Les coups portés contre la victime avec la lourde barre de fer dépassaient la force d'une femme. En outre, le meurtrier était droitier, l'épouse était gauchère. Enfin il n'y avait aucune empreinte sur l'arme. La présence de Wesley nous aida beaucoup. Nous imaginions des hypothèses permettant à l'accusation de confondre Emily

---

[1] Affaire classée sans suite.

Lempfig et de l'envoyer devant un juge. Wesley nous opposait les arguments que la défense ne manquerait pas d'utiliser.

Je retins comme mobile la mort d'Henri Pleshey. Si Emily avait appris que son mari avait la preuve de sa liaison, elle avait, par vengeance, payé un tueur. Elle avait la possibilité de lui ouvrir la maison pour perpétrer son crime. Wesley objecta qu'elle avait défendu avec vigueur son mari lorsque celui-ci avait été soupçonné. Quel était son intérêt à le faire ? Quant à Grieg, il me rappela son attitude bizarre lorsqu'elle arrivait avec Pleshey à l'hôtel. Gayle Winfrey l'avait soulignée, et un réceptionniste l'avait même confirmée. En bref, lorsque nous sommes entrés dans le bureau de Michael Lee, nous n'avions rien de solide à proposer au procureur.

Michael nous présenta à Thomas Webb, substitut du Procureur du Parquet de la Couronne. Thomas Webb était un homme à lunettes, souriant, d'une cinquantaine d'années, très bien habillé, un peu rondouillard. Il nous engagea à lui exposer tous les rouages de l'affaire sans omettre le moindre détail en soulignant que le Procureur, ému par le tapage des journalistes sur l'assassinat d'un homme de science considérable, l'avait prié de juger s'il y avait lieu d'arrêter quelqu'un et d'ouvrir un procès. Il avait entendu dire que Madame Lempfig était soupçonnée. Or, Emily Lempfig était la fille de Sir Spencer Compton, membre très influent du Conseil de l'Ordre des avocats, et Président d'un des plus gros cabinets de Londres. Elle même étant avocate, il n'était donc pas question de faire n'importe quoi. Nous avons alors exposé en détail tout ce que nous avions réuni, sans cacher qu'il y avait sans doute un lien entre la mort de Henry Pleshey et celle de Jonathan Lempfig.

Thomas Webb nous écouta avec beaucoup d'attention, sans jamais nous interrompre. Après, il garda le silence une bonne minute avant de prendre la parole.

— Bien ! Si je fais la synthèse, nous n'avons strictement rien nous permettant de monter une accusation solide. Un avocat débutant nous débouterait sans difficulté.

Le substitut se tourna vers moi.

— Avez-vous songé à questionner Madame Lempfig sur la nature intime de ses relations avec Henry Pleshey ? Les révélations de Gayle Winfrey vous y autorisaient.

— Oui Monsieur. Mais elle m'a rapidement fait comprendre qu'en ce cas, changeant de statut, elle garderait le silence et exigerait immédiatement la présence de son avocat, en l'occurrence son père. Or, nous savions qu'elle n'avait pas commis le crime et elle pouvait nous raconter n'importe quoi, son amant étant décédé. Que pouvions-nous prouver alors ?

— Et vous me confirmez qu'à l'ouverture du testament de Jonathan Lempfig, ni elle, ni Edward Lempfig n'en connaissaient la teneur ?

— Absolument, Monsieur. Leurs réactions ont été très claires.

Thomas Webb se leva et s'adressa cette fois à Michael Lee.

— Qu'en pensez-vous, Michael ? Pour moi, c'est évident. Sans nouvel élément d'enquête, nous avons un cas de « Cold Case ».

— Je suis d'accord, Thomas. J'ajouterai que Jonathan Lempfig gênait tant de laboratoires et de gens en orientant ses recherches vers la contraception masculine que…

— Mais allons prouver ça ! répondit Webb.

Pour ma part, je n'étais pas d'accord avec eux. La mise en scène du crime portait bien la marque d'un message passionnel.

Webb et Lee se mirent d'accord pour une conférence de presse annonçant que l'affaire serait classée sans suite.

*

Mes trois auditeurs semblèrent sortir d'un rêve. Murdoch bondit comme un diable sortant de sa boîte.

— Mais G-Pa, ce n'est pas possible que tu aies admis ça ! s'écria-t-il. Une affaire classée…

— La hiérarchie avait décidé, Murdoch. Et en plus j'avais la chance de m'en sortir sans égratignures, alors que, aujourd'hui je m'en rends compte, je n'avais pas été remarquable. Cependant, Lee convint que même le superintendant Ramsey n'aurait peut-être pas fait mieux. Mais, si vous le voulez bien, on pourrait manger un morceau avant de passer à la suite. Car il y a une suite et, bien que n'ayant pu inculper le coupable, je sais qui a assassiné Jonathan Lempfig.

On passa à table et je dois avouer que je goûtai particulièrement cet instant de repos. Malgré mon âge, ma mémoire est intacte, mais l'effort exigé pour me remémorer tout en détail m'avait fatigué. J'eus toutes les peines du monde à orienter la conversation sur autre chose. Bien m'en prit car, en taquinant les deux gamins sur leur amour, Cate, après avoir regardé Murdoch d'un air complice, nous avoua avec un grand sourire qu'elle était enceinte.

Ce fut un moment de grande émotion... j'allais être arrière-grand-père !

Dommage, si j'avais eu du champagne en réserve, j'en aurais bien pris une coupe. Il était un peu tard lorsque je repris mon récit dans le salon.

CHAPITRE 25

Trois semaines se sont écoulées depuis la fin de cette mémorable soirée. Et puis...

Le taxi vient de s'arrêter sur l'aire de dépose express de l'aéroport de Heathrow. Pendant le parcours, nous n'avons pas échangé un seul mot, tous étreints par l'émotion. Moira tient ma main. Murdoch, assis en face de moi, les yeux dans le vague, serre celle de Cate qui semble bien triste. Ma pauvre petite-fille !

Les tourtereaux nous quittent. Ils prennent le BA15 qui va les déposer à Sydney dans moins de vingt quatre heures. Escale à Singapour pour faire du carburant.

Je suis triste. Moira aussi. Elle a fait la connaissance d'un neveu dont elle ignorait les qualités et de cette magnifique jeune femme qui va devenir son épouse dans trois mois et dont le ventre s'est un peu arrondi.

Moira les a découverts tous les deux et elle est tombée sous le charme. Elle a été sidérée par les talents multiples de Murdoch dont les articles sur l'Australie ont connu un énorme succès en Grande-Bretagne. Et que dire de son film ?

Avant de partir, Cate m'a montré le travail déjà réalisé. Selon elle, la BD serait prête dans six mois, après être passée entre les mains d'un coloriste.

De toute façon, je suivrai ça de près car Moira et moi allons passer quelques temps là-bas. Ça permettra à ma fille de se changer les idées et de se remettre de son divorce qui devrait être rapide. Richard prend les torts à sa charge, lui laisse la maison et une coquette somme d'argent bien placée.

Moi, j'ai trouvé, pour faire passer la pilule –décidément, la fréquentation de ces jeunes gens a modifié quelque peu la manière de m'exprimer– auprès de mon charmant fils, ce voyage de vétérans de la police proposé par MacAllister. Il a accepté de me voir partir là-bas à la condition que Moira m'accompagne pendant le voyage. S'il savait… Tellement prétentieux qu'il n'a rien vu venir. Il ne le sait pas, mais nous assisterons au mariage de Murdoch et de Cate et nous resterons au moins jusqu'à l'accouchement de la nouvelle madame Mackenzie qui, pour une fois –mais après tout, est-ce si important ? – ne sera pas une Écossaise.

Bien entendu, ils attendent plusieurs autres de mes enquêtes de jeunesse. Il y a de quoi faire ! Celle du meurtre d'un Duc, à Ben Bow et aussi quelques autres sombres affaires…

Mais au fait, je ne vais pas vous laisser sur votre faim. Il faut dire que mon récit s'est terminé tard dans la nuit. Et si Noreen et moi n'avions pas enfin fait notre voyage de noce deux ans plus tard en France sur la Côte d'Azur, cette affaire serait restée un « cold case ».

*

C'était en mai 1961...

Quelques belles enquêtes brillamment réussies, l'admission à deux concours et un avis très favorable de Michael Lee, m'avaient permis d'accéder au grade de DCI. J'étais un des plus jeunes du Yard. On m'en voulut beaucoup, en prétextant que j'étais pistonné par mon père et mon grand-père. Ce n'était pourtant pas le cas. C'est curieux, cette propension à croire que votre réussite est due au piston, lorsque vos ascendants sont, ou ont été, haut placés dans la boîte où vous travaillez.

Vous vous souvenez du 31 mai 1959 ?

Mais si, ce coup de fil matinal qui annula « notre lune de miel » en France pour m'occuper de l'affaire Lempfig.

Noreen et moi partions donc enfin pour le sud de la France pour la Pentecôte. Noreen avait décroché une bonne prime dans son cabinet d'avocats et nous avions décidé de passer quelques jours à Nice pour enfin jouir du beau voyage de noces que nous n'avions pas eu. Nous nous étions installés dans un hôtel à coté du centre, à proximité de la fameuse promenade des Anglais.

Le lendemain de notre arrivée, nous nous promenions en bord de mer, profitant de la vue sur la Baie des Anges. Nous admirions les palmiers, les belles demeures et les hôtels de luxe. Pour nous, excités par un soleil radieux et une mer d'un bleu profond, c'était un enchantement.

Noreen à l'époque était enceinte de trois mois de Donald et, à la hauteur de l'hôtel Negresco, elle s'assit sur un banc face à la mer. Je m'adossai à la rambarde qui lui faisait face. Derrière moi, j'entendais les petites vagues de la Méditerranée se briser sur les galets de la plage. J'étais bien, heureux et Noreen était magnifique. Soudain, je vis quelque chose qui me pétrifia.

Là-bas, de l'autre côté de la promenade, une femme enceinte au ventre bien rond sortit de l'hôtel Negresco au bras d'un homme qui la tenait par la taille. Ils s'arrêtèrent sur le bord du trottoir et prirent place dans une limousine avec chauffeur.

— Qu'y-a-t-il, chéri ? demanda Noreen. Ça ne va pas, tu es tout pâle ?

Il lui fallut répéter sa question pour que je réagisse.

— Noreen, dis-je d'une voix lugubre, je viens de voir Emily Lempfig au bras de son beau-fils. Elle est enceinte.

— Quoi ! s'exclama ma femme en se levant brusquement.

Elle regarda vers le Negresco.

— Où ça ? Où ça ?

— Ils viennent de monter dans une voiture.

— Allons, tu as rêvé !

— Non, je t'assure, c'est bien Emily et Edward. Et ils n'ont pas l'air d'être belle-mère et beau-fils. D'ailleurs il la tient par la taille et avant de monter en voiture, il l'a embrassée dans le cou.

— Tu as dû confondre…

— Non, j'en suis sûr. Il faut que j'en aie le cœur net.

— Allons, tu ne vas tout de même pas gâcher ce magnifique séjour pour une affaire classée depuis deux ans.

— Chérie, s'ils sont ensemble, c'est un fait nouveau qui peut…

— Rien du tout ! En admettant qu'ils se soient revus, puis mariés et qu'elle attende un enfant d'Edward, ça n'apporte rien de nouveau pour la réouverture d'une enquête. Alors, tu oublies et on continue nos vacances sur la Riviera française. D'accord ?

Noreen avait raison. Je la pris par le bras et nous revînmes vers notre hôtel en admirant les beautés de la ville.

Je dois dire que, les jours suivants, j'ai passé, dès que Noreen se reposait, quelques heures en faction devant le Negresco. En pure perte. Mais la veille de notre retour, Noreen, fatiguée par une excursion dans l'arrière pays, préféra rester à l'hôtel pour se reposer. Je sortis pour une dernière promenade le long de la mer. Il faisait bon, une légère brise soufflait et je m'assis sur un banc pour admirer les bateaux. Au bout d'un moment quelqu'un s'assit sur le même banc.

— Bonjour, inspecteur.

Je me tournai vers celui qui m'adressait la parole. C'était Edward Lempfig.

— Je ne me suis pas trompé, c'est bien vous que j'ai vu l'autre jour, ajouta-t-il.

— Bonjour, répondis-je, surpris par sa démarche.

— Vous vous demandez sans doute ce que je fais ici avec ma femme Emily ? Si vous avez quelques minutes, j'ai une histoire à vous raconter. Vous avez le droit de savoir.

— Je vous écoute, répondis-je sèchement.

— Cette histoire commence comme un conte. Il était une fois une femme gravement malade et son fils qui vivaient chichement, abandonnés par un homme odieux. Ce grief fut la cause de la haine tenace qui conduisit ce jeune homme au meurtre. Pendant ses études, il fit la connaissance d'une magnifique jeune fille. Ils s'aimèrent. Le jeune homme, un jour, présenta celle dont il voulait faire sa femme à son père. Celui-ci, séducteur impénitent, qui n'avait jamais aimé cet enfant, sans doute parce qu'il n'était pas ce qu'il aurait voulu qu'il fût, décida de lui jouer un mauvais tour, de séduire la fiancée et de l'épouser. Sa fortune et sa notoriété jouèrent en sa faveur auprès de la famille, ravie de pouvoir compter parmi ses membres une personne célèbre. On vanta ses mérites haut et fort au point que la jeune femme crut l'aimer et oublia son amour pour le jeune homme. Un mariage arrangé eut lieu et le fils, bafoué, trompé par un père ignoble en qui il n'avait plus confiance, se réfugia auprès de sa mère qui se mourait d'un cancer, abandonnée par ce mari odieux. Il jura de lui faire payer cher sa méchanceté. Le hasard le servit. La jeune épouse finit par comprendre que son mari était un vaniteux épris de célébrité et de gloire qui ne pensait qu'à l'argent. Il n'aimait pas sa femme pour elle, mais pour le brillant qu'elle apportait à sa vie mondaine, pour avoir le plaisir de se pavaner à son bras, l'arrogance à la bouche, aux yeux envieux des autres.

Elle avait le rôle d'une bague, que l'on met à son doigt dans les grandes occasions, que l'on place dans un écrin lorsque la réception est finie, que l'on garde jalousement, que l'on change lorsqu'elle ne brille plus.

Ange déchu, elle pensa à l'enfer que serait sa vie et pleura beaucoup. Le destin lui fit rencontrer fortuitement son premier amour. Elle voulut lui parler, il lui tourna le dos. Sa mère venait de mourir. Elle lui écrivit. Il ne répondit pas. Elle lui écrivit une seconde fois.

Devenu directeur financier et actionnaire d'une grande entreprise, il n'avait oublié ni son amour, ni la haine de son père. Il imagina que la revoir lui permettrait de se venger et accéda finalement à sa demande.

Elle admit difficilement que le père serait toujours un obstacle à leur bonheur, qu'il était cruel lorsqu'on foulait son orgueil. Un jour, elle se donna à lui et ne regretta pas. Le jeune homme voulait toujours se venger. Elle essaya de le détourner de ses desseins. Lorsqu'il lui donna à choisir entre le crime et son mari, elle voulut réfléchir. À cette époque, elle était enceinte et choisit son mari. Bientôt, le père, aveuglé par les honneurs et la notoriété, s'éloigna de cette femme moins attirante aux formes arrondies. Sa « bague » s'étant couverte d'une « vilaine patine », il voulut briller ailleurs, dans les journaux, à la faculté, à la radio, à la télévision. Il s'éloigna d'elle.

Délaissée, privée de preuves d'amour, elle tomba malade. Le bébé mourut avant de naître. Son cœur, saigné à blanc, cria vengeance. Elle haït le responsable de son malheur et sombra dans une profonde dépression dont elle crut ne jamais pouvoir sortir …

Elle envoya une nouvelle lettre à son amour de jeunesse. Dès lors, le père indigne fut condamné à mort. Faits pour s'entendre, ils détestèrent le même être pour les mêmes raisons. Maintenant elle le pressait, lui qui, plus tôt, n'avait pas réussi à la convaincre d'agir. S'ils voulaient être mari et femme, une seule solution s'imposait qui scellerait leur amour et réparerait les injustices. Ils se résignèrent à l'idée de supprimer le responsable de leur malheur.

Ils échafaudèrent plusieurs plans qui ne leur donnèrent pas satisfaction. Il y eut de mauvaises surprises qui éprouvèrent leur détermination. En particulier un camarade de faculté de la jeune femme qui, les ayant surpris, la fit chanter d'une manière ignoble. Jusqu'au jour où le père qu'on entendait parler avec un ami imaginaire leur dévoila son plan monstrueux et leur permit de le déjouer. Il disparut, l'ami imaginaire fut accusé à la place du jeune couple, mais il ne leur en voulut pas.

Un long silence succéda à cette confession.

— Quel était ce plan monstrueux ?

— D'abord de tuer d'une manière compliquée le maître chanteur. Ensuite, de maquiller son suicide en crime pour faire accuser son épouse. Comme, lors de ses monologues schizophréniques, il racontait en détail sa machination, ce fut un jeu d'enfant tout de suite après sa mort de faire disparaître ce qui était gênant.

— Mais… ces monologues, il ignorait vraiment qu'on pouvait les entendre ?

— Très jeune, son fils avait passé de longues années dans cette maison chez ses grands-parents. Il avait remarqué que de sa chambre, un conduit de cheminée condamnée permettait d'entendre tout ce qui se passait dans la pièce qui devint le bureau de son père.

Ce que je venais d'entendre aurait pu transformer mon « Cold Case » en chef d'accusation. Mais…

— Bien entendu, inspecteur, ce que je vous ai raconté n'a jamais existé et nous ne nous sommes jamais rencontrés.

Là-dessus, Edward Lempfig se leva, me salua d'un signe de tête et disparut de ma vie. Je ne les revis jamais.

Sous le choc de cette révélation, il me fallut un certain temps pour recouvrer mes esprits. Je réalisai que, dès notre seconde entrevue, Michael Lee avait raison lorsqu'il évoquait « l'amant ». Je retournai presque en courant à notre hôtel et racontai tout à Noreen. À la fin de mon récit, elle sourit et dit tout simplement :

— Cette histoire restera un « Cold Case », chéri. Quoique tu fasses, tu n'y pourras rien. Alors, oublie et profite de cette belle dernière journée.

*

Ces derniers mots furent suivis d'un long silence. Cate, Murdoch et Moira me regardaient yeux ronds et bouche ouverte, ne sachant quoi dire. Malgré ma fatigue, je ne pus m'empêcher de rire.

— Eh bien les jeunes ! On dort ?

Murdoch s'ébroua et revint à la réalité.

— C'est donc resté un « Cold Case ». C'est embêtant ça.

— Pourquoi donc ?

— Les méchants sont impunis.

— Oui, mais Jonathan Lempfig n'était pas non plus un gentil.

— Chéri, dit Cate. Ce n'est pas un problème. Aujourd'hui, c'est admissible. Et si l'éditeur fait la fine bouche, on aura toujours la possibilité de demander à G-Pa de nous aider à concocter le petit détail qui permettra de rouvrir l'enquête et d'arrêter les assassins.

— Ok, répondit-il. Tu dois être fatigué G-Pa. On va rester ici, car il est tard. Je vais raccompagner Moira.

— Non, non ! Moi aussi je reste, il y a assez de chambres. Demain matin je pourrai préparer le petit déjeuner.

*

Voilà, maintenant, vous savez tout ou presque.

Ah, j'oubliais… D'après ce que Cate m'a dit hier au téléphone, la BD s'appellera : « les Aventures de l'Inspecteur Archibald MacArthur » et le tome 1 s'intitulera : « Cold Case ».

L'éditeur en a accepté le principe. Décidément, le « politiquement correct » est passé de mode. Et mon avion décolle demain soir.

*

Lightning Source UK Ltd.
Milton Keynes UK
UKHW011842090421
4215UKFR00001B/3

9 782919 658510